JN156762

ぼんくら
ミニロマン
と
談義
織坂幸治

目次

くらやみからの思想

さわる……3

ミニロマン

「消し算」完全復刻版……29

ぼんくら談義……83

「手応え」ということ／「税金」ということ／「よそ見」ということ／「計算」ということ／「足」ということ／「道」ということ／「通りゃんせ」ということ／「雑」ということ／「文化」ということ／「遊び」ということ／「飲酒」ということ／「ぼんくら村」ということ／現代キツネ考／現代影武者考／現代医学考／現代葬儀考／「道」ということ／我が愛するエロティシズム／文明への過剰なる偏見／カタカナテロ／歩く凶器／芸無論／日本国憲法改憲への提案／地球人よ、驕るなかれ。／ヒューマンエラー

番外編
中洲談義 …… 179

新ぼんくら談義 …… 193
現代カタカナ考／現代教育考／現代術なし考／現代現場考／現代比較助詞考／現代細胞考——其の一「免疫細胞」「生殖細胞」／現代腸変抄説考／「脳を鍛え上げる皮膚」考

あとがき …… 278

※本文中すべて敬称略としました。
※数字、年号の表記は発表時のままとしました。

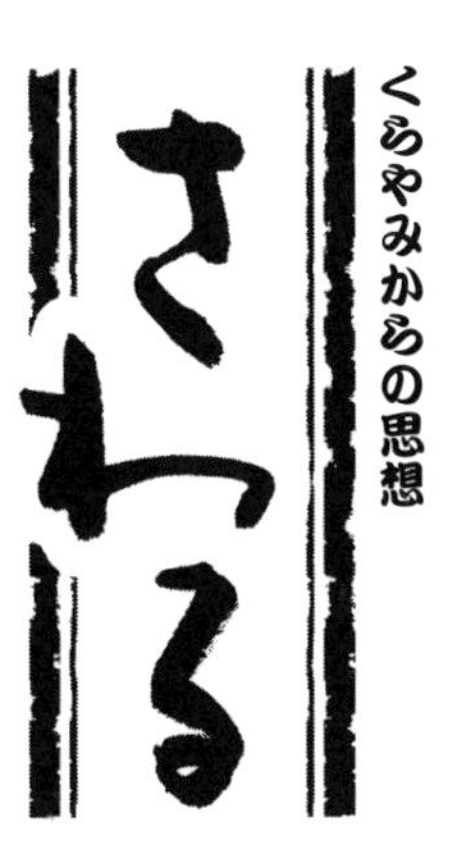
さわる
くらやみからの思想

さわる。いやらしいことでは、ない、人類上の大問題なのである。人類、それは男だとか、女だとかいう、ケチなものではない筈だ。人間そのもののことを指す。あきらかに、猿や豚と違うもの、ということである。

では、なぜ、「さわる」ことが人間にとって大問題なのか。中学生程度の頭でも、即答できることだ。ところが、教育を受けた人間になればなるほど、返答できない教育の不甲斐なさにあきれるより日本人、いや、人間としての怠慢さに、仰天する。つまり、バカが多すぎるということだ。

といって、結論を急ごう、などと私は、云わない。明解な結論を云ったところで、バカには理解できないからだ。意地悪ではない。この際、徹底的に日本人の知能指数を、諦めあげておく必要がある。「さわる」。この言葉を、何度でも提示しよう。せめてもの、親切心である。この意味が理解できずに、世界の平和も、人類の愛も理解できるものでは、ない。だから、「さわる」ことは、いやらしいことではなく、大問題なのである。

では、手がかりを与えよう。これは親切心ではなく、親心というものだ。甘えてはいけない。バカはバカなりの努力が、最も大事なのだから。

手がかりとは。座頭市である。「目あきってのは、不自由なものだな。ハッハッハ」と、こともなげに投げた捨てぜりふ。少なくとも、一流の学者と自負する連中なら、「ハハァ」と、合点するところなのだが……。どうやら実力の差が格段らしい。頭の切れる連中が、どめくらの逆手斬りで、真っ向唐竹割りにされる図は、皮肉にも日本文化の現状を、臆面もなくさらしている、といえよう。

こんな、考え方もある。つまり「東洋」が「西洋」に頭があがらない、ということ。日本代表の知識人たちが、いくら力んでみても常に尻をからげてスゴスゴ逃げ帰ってくる、という冷厳な事実。殊に、芸術家に於る「西洋コンプレックス」の醜悪さは、目をそむけたくなるものがある。まさか、男根の長さ、大きさの故ではあるまい。性愛テクニックの拙劣さの故でもあるまいに。何故か？

それでは、と座頭市が尻をまくってみる。日本映画の卑屈な芸術作品より、当たるのだ。毎日、大入袋が出るのである。知識人が恐れ戦き、芸術家が震えあがる「西洋」の、しかも中心街に於て、座頭市がモテるのである。イガ栗頭と、真っ白い目ん玉と、小千谷縮みのヨゴレ着物と、ずんだれたフンドシスタイルが、白昼堂々と、「西洋」の青い目あきどもをアザわらっているのである。何故か？

ここまで辿りつけば、いくらか光明が見えたであろう。「さわる」やはり、いやらしいことではなくむしろ、壮烈な大問題である。

わからなければ、わかる方法がある。少なくとも、それ位の知恵はある筈だ。問題の焦点が、性器的ではないこと、世紀的であることだけは、確実なのである。

「さわる」「さわる」「される」……と、朝から晩まで、くり返し唱えてみれば、或は半分ぐらい理解できるかも知れない。「えい！」とばかり、「さわって」みれば、或は、核心のそばまで到達できるかも知れない。

「さわる」ことの必要性。かつ重要性。まず、わかりやすい方法で説明していこう。なぜなら、まだ前戯の段階であるし、最初から強引にすべきではないからだ。誰しも、身に憶えがあろうから……例をデパートの、食品売場にでもとろうか。もっとも手っ取り早く、しかも、実感的に理解できるかも知れない。デパートの食品売場。ここには、人肉以外ならなんでも揃っている。可愛いい売り子さんの前で、生(なま)のものから、焼いたもの。加工したもの。形のあるもの、ないもの。すべてがある。が、問題はこれからである。

買おうか、買うまいか。見た目は、非常に美しい。形もよい。なんだか、名前は知らないが、実にウマそうである。喉に、ツバが溜る。ちょっとでいい。ほんの、ちょっとでいいから、さわってみたい。つまんでみたいのである。――そこが問題なのである。

君は、さわったか。君の、きたないその手で、つい、さわったか。それとも、手がきたない故にさわらなかったか。買うのをあきらめたか。どちらであろう。

インテリは、誠に卑怯である。自己の意志に叛いてまで、さわらなかったのである。バカのバカたる由縁だ。実に、だらしないのである。卑怯というより、卑劣である。

「さわる」ことは、すべて、意志決定の瞬間なのである。さわったが最後、一切の弁解は、誰にも聞き入れられない。たとえ、さわったものが、鯖の腐ったものであれ、きたない手の指紋は、その瞬間に捺されたのである。「ドロボー！」と、可愛い売り子さんから絶叫されたとしても、取返しはつかない。だからインテリは、最初からさわらない。逃げるのである。自己を欺いてまで、自己を主張しようとする。意志決定の、絶望的な孤独を知ろうとはしない。バカな利口者だ。

つまり、「さわる」ことは、「決断」である。殺人者になるか或は、英雄になるか、善悪のいずれかを己れ自身で、確認することなのである。まさに、勇者以上の勇気がなければ、「さわる」ことはできない。

もうひとつ。「さわる」ことの確かな意味がある。それは、「さわる」ことによって、さわったものの実体がつかめる、ということである。目で見たものとは、全く異質な、ものへの存在が確認できるのである。云いかえれば、さわったが故に、己れの人生観が、ひっくり返ることだってあるのだ。

「オーバーな！」と思うだろうか。

思う奴は、インテリ以外の、バカな利口者に属する人間だ。ただし、猿より少しましな……という意味での、人間だ。

分らなければ、さわってみることだ。「さわる」ことが、いやらしいことではなく、人類上の大問題であることが、つかめるであろう。

「さわる」こと。それは、「決断」であり「勇気」であることは先に述べた。そして、もう一つの意味。それも、手がかりを与えたつもり、「さわる」ことによって己れ以外の存在を知り、振り返って己れの不確かな存在を知る、ということである。そう。「さわる」ことは、完全に、自己の存在を自意識から追放することなのである。

座頭市の、強さが分ったであろう。あの、逆さ斬りの居合。抜けば忽ち、ズン、とくる不気味な手応え。まだ、分らないだろうか。

「ハッハッハッ……目あきてえのは、いつまでたっても、不自由でございますねえ。だから、およしなさいって、最初から云ってるんでございますよ」

さわって、さわって、さわり抜いた末、座頭市は自己の存在を死守する。自意識から抹殺されそうな、自己の命を引き戻そうと、必死になる。だから、強いのである。「アーアー、イヤな渡世でございますねえ」とは、座頭市の哲理である。「さわる」ことの、無限孤独を確認した。哲学的表現なのである。

前戯3

前戯は、長ければ長いほど、よい。くどければくどいほど、喜ばれる。

そこで今回は、「さわる」ことの無限孤独について、もう少しくどく書いてみよう。

「さわる」ことが、何故、己れの不確かな存在を知ることなのか。そこから、始めよう。ひと言でいえば、目あきの不自由さ、ということ。目でものを見るが故に、ものの実存を完全に見喪っている、ということだ。見えた――形がわかった。色がわかった。大きさもわかった。脳は、それらのことを、映像から理解する。そこで、ものを見た人間は、殆んど無意識に、ものを理解したと錯覚する。ものがわかったと信じ込むのである。

最も身近な例をとれば、恋愛がそうである。ひと目惚れ、というやつである。相手のオナラまで、実に、美しい。ハナクソも、黒真珠ぐらいに見える。

ところが、何度もデイトを重ね、お互いにストリップしあう頃になると、オナラはクサイものに、ハナクソはキタナイものに、戻る。それだけなら、まだ、可愛気がある。どうしようもない、ものにぶち当る。推理小説の、ハイテクニックといわれる、意外性が、突如として現われるのである。

つまり、もちものに、裏切られるのだ。大へんなショックである。期待外れでした、残念でした！なんていう、呑気なものではない。だからといって、簡単に、人間ひとりをポイと捨てるわけにはいかない。もっとも現代では、捨てる方も、捨てられる方も、最初から紙くず人間として自覚しているらしいが……。こういう連中は、論外、セックスバカとか、先天性性阿呆とかいって一喝しておけばよい。

つまり、意外性、どんでん返しして、始めてものの正体がわかるわけである。ということは、どんでん返しを喰わされなければ、実体がわからないということだ。ひと目惚れの時と、ショックを受けた時とを、とくと比較してみるとよい。

そこで初めて、キミがバカであるか、或は貴族であるかが、歴然とするのである。バカはバカなりに、腰を抜かし、ウロタエ騒ぐのだ。「こんな筈ではなかった！」と絶叫し、ハナ汁を流して泣き喚くのだ。「俺は、世界一運の悪い男だ」と。「見る目がなかった」などと、後悔するのだ。バカにとっては、至極当然のことである。

だが、貴族は違う。グウの音も出さない。大物の貴族は、ニッコリ笑ってさえ見せる。負け惜しみの演技ではない。己れの想像力の、そして見る目の不正確さを、恥じるのである。以後、死ぬまでもちもの の悪さと、つき合う決心をするのである。紙くずを、捨てないのである。オナラも、ハナクソも、デベソも、「さわったもの」すべてを、十字架のように背負っていくのである。

貴族は、「さわる」ことによって、無限孤独を、つかんでしまったのだ。それほど、「さわる」ことの、毒は大きい。

では、何故、「さわる」ことの毒が大きいか。「さわる」ことの罰とは何かについて、触れてみよう。

目が捉えて、理解したものは、すべて虚像に過ぎない。にもかかわらず、人間の理性は、虚像と実像と信じ、そのまま記憶のなかの、実像群へハメ込んでしまう。それが、直感的に素早ければ素早いほど、人間は寸分の疑念も持たないのだ。やがて、その虚像は、もろもろの実像群のなかで、真実だというオブラートにつつみ込まれてしまう。ところが、「さわる」ことによって、巧妙な理性の手口がバレてしまうわけだ。

つまり、「さわる」ことは、理性のマジックで一人称にされた虚像を、二人称に、或は三人称にしてしまうのである。己れの意識であることを、他者の意識に切り離してしまうことである。一人住まいの中へ、土足のまま他人が押入ってくる、ということと同じことなのだ。

前戯は、ソフトな前戯ばかりはない。ハードな前戯も、ある。

いいかえれば、「さわり」方の、上手、下手、の問題だ。いきなり、「さわる」か、どうか。堂々と、「さわる」か。或は、トイレの陰や、草叢(むら)の中で、陰湿に「さわる」か。つまり、風土性に育てられた、文明の差異によって、その方法が違ってくる。

ずばり云って、洋式と和式の違いが、「さわり」方に表現されている。用便の場合の、腰掛式と、しゃがみ式の差だ。陽性と、陰湿性の、距(へだた)りである。

様式から、説明しよう。何も、お世辞で様式から説明するのでは、ない。その方が、後々の、比較がしやすいからだ。それに、何度も云うように、日本のインテリどもは、頭が悪く、鈍いからだ。

西洋では、交わろうとすれば、先ず、手を握ること、握手することから、始める。男と男、男と女、女と女。いずれの場合も、そうだ。掌(てのひら)と掌で、「さわり」合うのだ。相手の、麻雀ダコや、ペンダコや、ゴルフダコなどの、出来工合を知る為では、ない、人間性の、生々しさを、少しでも理解しようとしたがる為だ。また、親密になれば、身体と身体を触れ合わせて、頬ずりする。唇と唇を、重ねる。この際、口中インキンなど、全く、気にしない。大勢の、視線の中で、頬ずりしたり、キッスしたりする。実に、爽快。陽性で、ある。

では東洋。とくに、インテリ多き日本の場合は、どうか。すでに承知のとおり、「さわり」下手で、ある。手の動きが、不自然で、ある。握手しても、もう、放そうか、放そうか、と逃げ腰で、ある。掌に、じっとり、汗ばんでいる。ゴルフダコなのに百姓ダコと勘違いされはしないかと、勘違いする。身体と身体の抱擁だって、ぎこちない。両手が、腰の回りを、うろうろする。抱き方を、全く知らないからだ。唇と唇に至っては、笑止千万。順序も、秩序もないから、舌を噛み切られたりする。

「さわり」方の下手さは兎も角、場所が問題だ。大勢のところでは、絶対、やらない。やれない、やりきらないのだ。だから、陰にかくれては、コソコソとやる。そして、やりすぎる。人前では、恥しい、といって陰では、恥しいことを、平気でする。政治家の、心理と同一だ。無学文盲、どめくらの座頭市から嘲笑される、わけだ。

日本人も、「さわり」方は、誠に、陰性である。日本人ほど、デリカシーな国民はない、といいながら、「さわり」方がこのように、陰湿なのは、何故か?

ずるい、からなのである。個人としての、責任感が、全く不在だからで、ある。インテリとしての、或は、社長や重役としての、錯覚は持っていても、人間ひとりとしての、認識が全然ゼロ。だからである。肩書だけの、意識しかないのだ。前章で述べた、自意識のなかの、他人意識が皆目、不明なのだ。日本人ほど、ずるい国民は、世界にもあるまい。ずる賢い、ならまだしも、ずる馬鹿なのだから、始末のしようが、ない。その証拠に、「腫れものにさわるな」「さわらぬ神に崇りなし」という、れっきとした、目あきの思想が、ある。「二枚舌」という、舌もある。「二足の草鞋（わらじ）」という、草鞋もある。

現代では、「転向」などという、インテリ用語が、のさばっている。最初から、「さわり」もしないのに、「さわった」ふりをして、「転向」などと、深刻ぶる、深刻劇が大流行だ。または、ひやかし半分に「さわって」、大声を出され、その為に「転向」などというかくれ蓑に、すがりつく。下品極まりない、「お医者さんゴッコ」というより、外はない。

日本人の全人口の7・8割を占めると、自惚れるインテリさんよ。ちったあ、自分の恥部でも、「さわって」みたらどうだろうね。アメリカ人のモチ物に恐れ入ってばかりいず、手前（てめえ）のちっぽけなモチ物を、衆人の前に、さらけ出して見せる、勇気はないのか。

――前戯5

前戯には、微妙なニュアンスが、最も必要である。いわゆる、日本古来からの、己に対する、他人に対する、礼儀というものである。

戦後から今日までの、混乱を一言で云えば、日本人が日本人の礼儀を喪った――ことにある。特に、知識人たちだ。

その、極端なあらわれが、現代の日本語だ。発声の乱れどころでは、ない。根本的な、意味の乱れだ。かつての日本語は、そのニュアンスにおいては、世界の比ではなかったのだ。

川端康成がノーベル文学賞を貰ったから……などと、ケチな憶測（おくそく）する奴がいれば、そ奴は、先天的痴呆症だ。日本語のニュアンスは、ノーベル文学賞などで理解できるものではない。つまり、ショウほどショウムないものは、ない。もう一歩つきつめて云えば、日本語の混乱を促進したショウ体こそ、星の数ほどあるショウなのだ。

ショウ目当ての文字が、ショウコリもなくつづく日本を、どうショウというのか。

「ハッハッハ。くら闇になりゃ、しめたもんだ。ど盲と、目あきが対等だネ」

この、二行の日本語から、インテリたちは出発する必要がある。礼儀も、然り。一対一の、さわりあいから発生する。

義太夫などの聞かせどころ、泣かせどころのことを、「さわり」という。語源を調べると、「さわり」は、義太夫本来の節でなく、他の曲節を取り入れた部分の称で、他の節にさわっている意、とある。

つまり、くら闇の出逢いに於いて、他人にさわって初めて、己れの存在や位置を知る。そこに、人間の感動が生まれるのだ。自己のなかに、さわり得る他人を存在させ、強烈に意識すること。だから、くら闇を知らない、インテリどもの自己過信ほど、滑稽なものはないのだ。

日本語の創造性は、だから、「さわる」ことにある。「さわら」なければ、誰をも、振り向かすことはできないのだ。徳川幕府が、自分のモチモノだけしか「さわり」得なかった時、毛唐のモチモノに「さわっ」た連中が、新しい日本を創ったのは、至極、当然のことなのである。明治維新こそ、「さわり」の至難さと、偉大な創造性を展開させてくれた、例なのだ。

「さわり」の、もう一つの、例をあげよう。

「千人の男と寝た女は、処女と同じだ」という言葉がある。太宰治の、言葉だ。

これは、単なる、フェミニストのお世辞ではない。なぜなら私は、この発想に、太宰文学の全貌を見ることができるからだ。太宰の、「生きることの恍惚と不安」から「人間失格」への道行が、歴然と示されている。

太宰の推理も、私の推理も、寸分違わぬ筈だ。というのは、「処女」に対する愛から出発した思想が、くら闇のなかで、初めての真実に触れることができたからだ。

それは、キリストを産んだ聖母マリアが、千人の男と交わってこそ、処女となった——ということだ。だから、キリストは、千人の男の分身なのである。処女が孕む、というバカバカしい仮説は、絶対に成立しないのだ。世界中の学者や牧師どもが、最初から、「聖書」についての、誤訳を平気で、本気にしているのだ。「聖書」は「性書」であった訳だ。

キリストは、だから決して、神の子ではない。ゴルゴダの丘の叫びこそ、その事実を伝えるものはない。

しかし、キリストが神の子ではなくとも、彼の偉大性は、いささかも喪われない。むしろ、太宰の感動も、その点にあったのだ。つまり、「千人の男の分身」という一点だ。キリストが、全人類の代表者となり得るのも、まさにその一点である。

だが太宰は、千人の女と交わる術を知らなかった。太宰文学の終焉は、そこに尽きる。「さわる」ことの、悲劇性こそ、太宰文学の頂天である。

しかし今、織坂幸治は、そこから出発する。

——前戯終り

――さわる（本戯）

前戯が尽きるところから、本戯が、始まる。本戯が始まれば、キミは、アナタは、どうするか。目を閉じる？それとも、パッチリ開いたままか。

昔、女郎屋の四畳半では、パッチリの女性に、よく出合った……などというキミは、どうしてそれを知っているのか。

目を閉じる、開けるに、何故、こうもこだわるのかといえば、これこそ、さわりの頂点、本戯のクライマックスだからなのだ。

エクスタシー。その瞬間、世界は、例外なく、くらやみとなる。勿論、パッチリ組は、抹殺しての、話である。

では、何故、目を閉じ、好んでくらやみを求めるのだろうか。性の、最高の恍惚のなかで、何故、お互いの性意識を、否定し、共通のくらやみを持とうとするのか。

答えられない奴の為、云ってやろう。

思想を必要としない、からだ。もっと、丁寧に云えば、目あきの思想なんてものは、無用の長物なのだ――それほど、くらやみの深さは、深い、ということなのだ。

さわりの極致。それは、底なしのくらやみ地帯。つまり、無思想の世界しかあり得ないというわけなのだ。

かって、ニイチェが断言した、「神は死んだ」世界が、ぼうようと存在するのみ。プレ・ジンジャントロプスと、ピテカントロプス・エレクタスの、現実が、実在するだけである。

目ざわり、舌ざわり、耳ざわり、鼻ざわり、肌ざわり、手ざわり、足ざわり……の、直立猿人が、身をふるわしている世界なのだ。

くらやみから透して見ると、人間は、衣裳によって裸体を奪われ、おびただしい言語によって沈黙を喪い、思想によって感動を捨てた。

さわることによって、他人の存在を確かめ、つぎつぎと、集団をつくっていった猿人の知恵が、目あきの思想を偏重しだしてから、個のない集団をつくってしまった。

前戯のなかで、西洋と東洋の文明を一口で言えば、さわり方の違いにあるといった。

なのに、現代の日本は、西洋と同じ位のさわり方をするようになった。といって、日本文明が西洋なみに進歩したと思うのは、愚の骨頂である。

マクルーハンの、触覚媒体などという、自個CMに、あわてふためく連中を見れば、一目りょう然。

感覚人間の、バカバカしい狂言など、反吐が出ようというものだ。

さわることは、手袋などをして、さわることではないのだ。コンドームなんか、下の下。そして、くらやみのなかでのみ、さわることの感動は生まれる。

思想を、くらやみへ捨てたくなければ、さわらぬがよい。そして、全学連の、ゲバ棒で男根をぶちのめされるがいい。

日本では、いま、さわってきたものの一切が、喪われている。たとえ、さわってみても、指紋など、どこにもつかない。人間の進歩を信じる連中は、いつも、完全犯罪しか企らまない。くらやみでは、アリバイなど、成立しないから、連中は、できるだけ明るい思想を後生大事にする。

天の岩戸は、ただ単なるオトギバナシだろうか。ニューヨークの停電は、ただ単なる出来事だったのだろうか。

とに角、いやな渡世である。

前戯と同様、後戯も長いほうがいい。

本戯が終った途端、お互いにソッポを向きあってるザマなんざ、不恰好極まりない。

後戯は、本戯の余韻を愉しむために、存在する。厳然として、存在するのである。フリーセックスとか、インスタントセックスに慣れた、セックスバカには、真意がつかめないであろうが…。もっとも傑作なのは、後戯と聞いた途端、ゲバ棒を振りあげた学生がいたことだ。勿論、愚か者故、後戯を講義と間違えたわけだ。

念の為、もう一度、確認させておいてやる。後戯とは、つまり、楽しい反省。つまり、次の前戯へのスプリングボードであり、証拠固めであり、実地検証なのである。

であるから、前戯のように、単一目的でなく、その意味も内容も、実に複雑、多目的なのである。後戯のさわり方次第では、今のセックス思想も、文化人類学も、無価値に等しくなる。

織坂幸治は、自信をもって、予言する。

現代は二〇世紀も後半。私たち日本人もふくめて、世界の人類は、約八千年前から「さわり」はじめてきた。というのは、人類最古のものは一千四百万年前だが、人間が自分の手で食料を牛産しはじめた時を、進歩の始めとするならば、約八千年もの間、「さわって」きたわけだ。

では、何を、どうさわってきたか。しかも、世界を二分する、東洋民族と西洋民族の、「さわり方」

の違いは、何であるのか。その結果、どんな文明の「子」ができたのか。…などを、じっくり反省。前戯や、本戯のまずさがあれば、それを訂正していきたい。

前戯（その2）で、私は、日本のインテリゲンチャアを痛罵した。その気持は、今でも変わらない。それは、依然として、西洋文明の幻影に、オロオロしているからだ。外来語思想に、足元をすくわれていて、気付こうともしないからだ。ほら、よく云うではないか。口の大きな女性は、モノも大きいとか、耳たぶの横でシマリ工合がわかるとかいった、一見、合理主義風の迷信に、溺れている奴が、とかく多すぎるのだ。

投（な）げ銭上手の、銭形（ぜにがた）大学さえ出れりゃ、ひとかどのインテリと思ってるから、いつまでたっても、アキメクラに過ぎないのだ。すぐ、チラチラと、横目を使ったり、偸（ぬす）み目をしてみたくなる。そこえいくと、ドメクラには、色目も、ひいき目も、むすび目も、ない。正真正銘の勝ち目しかない。

後戯の意味を、よりよく理解させるため、もう少し、具体的な例を挙げておく。インテリ同様、役人というバカの例だ。こ奴等は、人のモノにも奇妙に「さわりたがらない」が、自分のモノも「さわらせない」…という、典型的なクセがある。まるで、商売女みたいな根性である。その結果はどうか。官・公庁では一時間で片付く書類が、えんえん一週間以上もかかる。そのうえ、文句をいうと、『主任がそう云いました』と答える。主任は、『係長が…』と云い、係長は『課長が…』と云い、課長は『部長が…』と云い、キリがない。市・町村民税とか、県民税とか、高いゼニを取っておきながら、なおかつこのザマである。まさに、商売女の悪どさである。

戦後の日本人は、『権利のみを主張して、義務を怠る』と、笑い者にされている。その好適な例が、日本全土の六〇%以上を占める、サラリーマンである。先程の例を含めて。それではコイツ等は、主任や係長のために働いているのか…とヒラキ直りたくなる。上役が『よし』と云えば、一も二もなく、『よし』なのである。国家公務員、企業のサラリーマン、すべて無責任である。

では、その無責任さは、どこから生まれたのか。どんな「さわり方」のまずさで、こんな憎たらしい子が出来たのか。

それは、次回から、何年かかるか不明であるが、テーマ別に、さわっていこう。

「自然にさわる」――と書いて、私は、「自然」という言語のもつ、二重構造に、いささか慄然とした。というのも、私は最初、「自然」とは己れのモチモノ、つまり、日本人が無意識に所有している「天然自然物」と認識していた訳だが、もう一度、握ってみると、それは「ごく当然」といった意味性を持っていることに気付いたからだ。

もっと小学生的な表現をすれば、「自然」には、「いつからか存在している風土」という意味と、「慣例上からの無理でない当り前のこと」という意味があるのである。しかも、それは「さわる」という動詞をつけることによって、生まれてくる認識なのである。

もし、誰も「さわら」なければ、そんな二重構造の世界は、あらわれようがないということなのだ。そこでもひとつ。何故、私がこの問題を、うるさく取りあげたかということ。その真意は、こうなのである。

日本人の、「自然」に対する「さわり方」が、あまりにも、「自然にすぎる」ということ。だから、「さわり方」自体に、創意も工夫も生まれてくる余地がないのである。

それどころか、最近の社会面を賑わしている公害問題。これこそ、もっとも「さわり方」の下手さ、無能さ加減を物語る以外の何物でもない。

川に例をとってみよう。日本人は、古来から、川の流れは、放っておいても「自然に」美しくなる。

つまり、上流から下流へ、そして海へと流れ、汚物を流してくれるものだ——と、思い込んでいる。だから、平気でウンコを流したり、オシッコを流したりして疑わない。ところが、流れ自体、汚物自体にも限界があるのだ。工場が建ち込み、人間がふえると、川床も汚物の山となり、流れは淀む、という当然のなりゆきを引きおこすわけだ。また、山林を切り拓くことだって、昔は、一人一人がノコで木を切っていた。ところが今や、ブルドーザーのお出ましである。たしかに能率はあがる。が、逆に土砂くずれや、洪水の危険が出てくる。

結局はといえば、コトを行うだけを目的として、他を省みないからである。ゴム製品の用意も忘れ、後戯も忘れ、あげくの果ては、誰の子かわからぬものをつかまされたり、オロシ代をゆすられたり、オミヤゲをもらったりする。そして、今更のごとく、公害だなどと騒ぐなんて、ミットモないし、チャンチャラおかしいのである。

では、何故、そんなことが二〇〇〇年も変わらずにつづいているのか、といえば、日本人の「自然」に対する思想が、あまりにも「自然にすぎる」からなのだ、という最初のテーマに戻るわけだ。

「自然」とは、日本人にとって、何であろうか。日本列島を形成する「自然」のイメージとは、何か、と考えてみると、色好みの故(せい)でもあるまいが、殆んどの日本人は、「みどり」とか「あお」とか答える。勿論、そのとおりで結構なわけだ。

もともと日本列島は、女体に似ている。すこしジメジメしていて、到るところに繁みがあり、適当の雨が降り、川は渇かずにいつもチョロチョロと適当な排泄を行っている。この、いつもオシメリのある

「自然」が日本人を農耕民族として位置づけたことは、歴史上の事実であるし、世界の常識である。ところが、この願ってもない女体をもったが故に、農耕民族日本人の不幸が、実は始まったのである。いいかえれば、この女体のおかげで「さわり方」のパターンが、決まってしまったのだ。

そして、最終的な農耕民族のパターンに、重なってしまった。というのは、農耕民族は、ヨーロッパの遊牧民族のように放浪しない定着性を持っているのだ。だから、最初が決まると首尾一貫の思想によりかかってしまうのである。アバタもエクボ式発想に、一も二もなく参ってしまう性質を持っている。

たとえ私が、手をとって、性感帯を教えてやろうとしても、部分が慣れないところであれば、すぐにゲバ棒振りあげるのである。

――未完

「さわる」参考資料

○すべてのみえるものは、みえないものにさわっている。きこえるものは、きこえないものにさわっている。感じられるものは、感じられないものにさわっている。おそらく、考えられるものは、考えられないものにさわっているだろう。

——ノヴァーリス

志村ふくみが『一色一生』のなかで引用した一節『生きる哲学』若松英輔　文春新書

○近代が犯した最大の罪は、「くらやみ」の喪失にある。

——織坂　幸治

○さわるということは人間の命の攻防の場なのである。

——大森荘蔵

○もし触覚がなければ、他の諸々の感覚で捉えた世界の相貌はすっかり変わってしまうだろう。

——ミンコフスキー

○私たちは觸覚を頼りに、世の中を具体的に確信をもって捉えることができる。そして具体的なモノの存在を確信できるからこそ、そこから離れた抽象的な思考や、想像をすることができる。

——『皮膚感覚の不思議』山口　創

○視覚は自己と他者、自己と世界を結びつけるが、皮膚感覚は自他を区別、空間における自己の空間的位置を認識させる。

——『皮膚感覚と人間のこころ』傳田光洋

○触覚とは、ものとの皮膚接觸にとどまるものではなく、精神のなかで、ものが持つ生命そのものと触れ合うことではないだろうか。

——中村雄二郎

○乳房を吸わせることは内臓感覚を鍛える出発点。手と舌の感覚で、子供は人間の「知覚の基盤」を固めていく。コップを丸いと感じるのは、手のひらの「なで廻し」と、舌の「なめ廻し」による感覚と運動の同時進行。

——『内臓とこころ』三木成夫

○目の不自由な人が自由に歩けるのは、聴覚によるエコロケーション（音響定位）による。

…目が見えない場合、耳の能力がよくなる。

…目の不自由な人に聞いてみると、耳で判断しているという答えが五割、顔面の知覚で判断する答が五割だという。

——『からだの見方』養老孟司

○人間社会の基盤である「他者への信頼という感情に作用する物質が」皮膚への刺激で分泌される。スキンシップが「こころ」を育む。

——『第三の脳』傳田光洋

○視覚によって得られる距離や形、位置や大きさ、といつた空間観念はすべて觸覚のはたらきに負うもので、視覚の直接の対象は光と色だけである。

——バークリー

織坂幸治ミニ・ロマン集

消し算

織坂幸治ミニ・ロマン集

消し算

もくじ

「消し算」序　黄村葉　6
消し算　8
ボタンと財産　12
変ったドライブ　16
死体処理会社　20
クリスマス・イヴ　24

昏―鼠小僧―……28
闇―茨木童子―……32
夜―国定忠次―……36
暁―平手造酒―……40
午―丸橋忠弥―……44
至芸のエンターテインメント
―解説に代えて―　志根匠大郎　48
世界最大の小小説
―刊行に当って―　荒　幸介　50

「消し算」序

黄村　葉

まけいくさこのかた、餓鬼どもは、テレビで育ち、長じたのちも、五百枚の千枚のと云ふ大ロマンを綴った活字には、みむきもしない。適宜に色つやつけ、広告にはいい女もでようところのテレビ放送を、ぼんやりながめて暮す仕儀。生れてこのかた、一度も已れにむけたことのない目をあけていさえすれば、それで、筋だてくらいはうのみにできる風情である。はっは、それで結構、小説市場の賑わいざわめくのは、誰の罪なのか。

ここに上梓された十篇、さりとてテレビッ子用ではない。パロデイの苦渋はまぎれもない小説の世界、山高きが故に尊からず、三枚とは、これ作者のせつなき愛情、よびかけの所作でなくてなんだろう。

また現代物につゐては、よなよなまたぐらからませる夫婦の憎悪につゐての読切である。男女の至福の姿を、いまいちど、この三枚に照らしあわせて考へることもできるはずである。

ここに一生かかってもよみきれぬ超長編小説があり、それをまた一生かかって読みつゞけた一人の男がゐたとする。もの心つゐて老年、いや死の床にふすまでその男は、その小説一編をよむことに終始した。すべてのことは何もせず、たゞそれだけに生き、生涯を終った。

私は、この寓話を、この一冊に捧げようと思ふのである。

消し算

織坂は、ハッとした。洗面所の小さな鏡に、幸子の影がチラと、動いたようだった。織坂は、手にしていた歯みがき粉に、蓋をすると、水だけで、口をすすいだ。危うく、命を落とすところだった。何気ない行為が、自分を、死に導くのだということを、今更のように、思い出した。

幸子は、食事の間中、織坂の、どんな表情の動きにも、細心の注意を払うことを、怠らなかった。織坂の、心を読み取れなかった時、それは、自分にとっての、完全な敗北――死――であったから。

織坂は、会社での勤務時間だけが、無上の幸福を味わえた。幸子と、別々にいるときだけ、幸子の殺意から、完全に離れられるからだった。

幸子は、結婚しても、共稼ぎを辞めなかったことに、感謝していた。落着いて、化粧もできたし、トイレに行くこともできた。織坂と家にいると、それこそ、体臭のように殺意が、匂ってくるのだった。

会社から帰ると、織坂は、明朝までに必要なものを、改めて点検した。同時に、幸子が、気づかずに使うものへ、細工することの研究も、忘れなかった。凶器を用いることは、最低の方法だし、殺人にも、優雅な手段が、好ましかった。

幸子は、今夜こそと、万全の策を、講じたかった。失敗するたびに、得意そうな、織坂の笑い顔を見るのは、耐えられなかった。死に方に、注文をつける訳にはいかなかったが、血を流したりは、したくなかった。

織坂は、幸子が、風呂に入った間に、自分の、コーヒーカップに、劇薬を塗った。

幸子は、織坂が、風呂に入った間に、自分の、コーヒーカップに、劇薬を塗った。

織坂は、今日こそ、失敗しないよう、欺かねばならなかった。明朝から、幸子の存在がなくなることを思うと、緊張に緊張を重ねた、今までの夫婦生活が、かえって名残り惜しくさえ、感じられるのだった。

幸子は、織坂を失うことと、スリルの連続と、綿密な計算から解放されることは、目的を喪失することと同じで、平凡な生活だけで、果して、これから生きていけるかどうか、不安だった。殺意で結ばれ合った愛情こそ、生き甲斐だったのかも知れない、と思った。

食事の途中、織坂と幸子は、賑やかに喋り合った。笑い合った。結婚以来、初めての、笑い声だった。

二人の心の中で、極限まで捲かれていたゼンマイが、瞬間に、逆回転した。

二人は、緊張と計算を忘れ、明日からの、新しい生き方について、夢中だった。今までの、夫婦生活が、滑稽にさえ、見えた。

二人は、食事が済むと、さも、美味そうに、食後のコーヒーを楽しんだ……。

ボタンと財産

結婚10年目だった。妻の美々子が、意識を回復した時、夫の織坂は、あっさり、犯行を自供した。新聞には、小さく『妻を殺人未遂』とだけ、載った。

美々子が、握りしめていた、背広の袖の、ボタンが、決定的な、証拠となった。織坂の日記にも、5年前から、美々子への殺意が、詳細に、記されていた。

身寄りのない美々子は、周囲の人たちから、同情され、励まされて、退院した。

美々子は、そんな嬉しさより、生命が助かったことに、限りない、誇りと自信を、感じた。

〈わたしは、勝ったんだわ。見事、賭に勝ったのよ！〉

美々子の計画は、実に慎重に、進められていた。結婚の時から、織坂の財産が、目的だった。女好きで、酒を飲むことだけを、自慢する織坂には、これっぽっちの愛情もなかった。ただ、会社の社長であること、時価にして、数億に近い、不動産を持っていること。それだけが、愛の、対象だった。

美々子が、織坂の、最も嫌いな女として、変貌したのは、結婚3年目からだった。織坂は、美々子の身振り一つにも、露わに、嫌悪の表情を、示した。

織坂の、外泊が目立ってきた時、結婚5年目の、歳月が流れていた。丁度、その頃、

〈別れよう。その代り、俺の財産の、10分の1をお前にやる。数千万だ。その分だけ、お前の名儀にしておこう〉

美々子は、勿論、離婚には反対した。だが、10分の1だけ、自分の名儀にしておくことには、賛成した。手続きは一切、織坂がした。

結婚8年目。美々子の計算は、着々と、思い通りに進ん

だ。子供をつくらないことも、その一つだった。失敗しても、10分の1は確実だったし、あとはチャンスを待つだけだった。

不景気が、どっと、襲った。中小企業の、倒産が、相次いで起った。政府が、強硬に、金融引締めを、行なったからだ。織坂の会社は、そんなことにも、ビクともしなかった。美々子は、陽気な織坂の態度に、安心していた。織坂は、ますます派手に、遊び出した。

結婚10年目。チャンスが、来た。

美々子が、生命を、賭ける時だ。織坂が午後10時頃、一旦帰宅して、また外出することも、絶好の機会だ。美々子は、自分のグラスに、織坂の指紋がつくよう、準備した。かなり酔っていた織坂は、美々子のグラスで、水を飲んだ。よろける織坂を、抱えるようにして、美々子は、背広の袖ボタンを、素早く千切った。織坂は、そのまま、出掛けて行った。

美々子は、ボタンを握りしめると、織坂の指紋のあるグラスで、ブロバリンを、流し込んだ。生き還る、自信はあった。執念である。

織坂の、帰宅直後だったこと。グラスの指紋、袖のボタン、証拠は揃っていた。

織坂は、無期を、宣告された。控訴もしなかった。思いなしか、ニッコリ、笑ったようでもあった。

——美々子は、一枚の紙片を握ると、失神した。織坂の全財産が、自分の名儀になっていたこと。しかも、すべてが差押えられていたことを、知ったからだ。

変ったドライブ

結婚以来3年。ユキは、織坂に、絶望と殺意を、感じた。

毎夜の深酒。毎朝の二日酔。愛の行為でさえ、だらしなく、ヘドの匂いが、つきまとっていた。

半年前、織坂は、泥しぶきと、血しぶきを浴びて、帰ってきた。放っとくわけにもいかず、拭うと、頭が切れていた。どうしてそうなったのか、自分でも、分らぬらしい。

その時、ユキは、はっきり、決心した。

「おい、鞄は、靴は、どこだ！」

相変らず、二日酔の、濁った声だ。毎朝のこと、ユキは、ひと思いに殺すことを、考える。だが、それはできない。

ユキは、あちこち、鞄や、靴を探す。

「しっかりなさい。鞄は、風呂場にありました。靴は、お便所の中でしたよ。」

織坂は、ドキッ、とした様子で、何もいわず、出かける。記憶が、ないらしい。

今朝は、帽子が、下駄箱から、出てきた。靴が、流し台の上にあった。

「あなた、一度、病院へ行ったら？」

「お前は、俺を、気狂いと思っているのか。」

また、いつものように、喧嘩が、始まる。そして、果しない憎しみに、ユキは、突き当る。

「あなた、今朝は、会社間に合ったの？」

「当り前だ。ちゃんと、8時に出たじゃないか。」

「あら、9時15分前だったわよ。」

「………」

「まあっ、このお財布、誰れの？」

「俺のだ。」

「違うわよっ。ほら、色は似てるけど、ワニ皮じゃないわ。お金だって、百円札が1枚っきり。今朝、ちゃんと、三千円入れてあげたじゃないの。」

「………」


織坂の顔は、苦痛に、ゆがむ。ことごとく、つじつまが合わぬのだ。ユキは、嬉しそうな、笑いさえうかべる。


ユキは、織坂に、精神病院の話を、毎日、聞かせる。そこが、どんなに、住みよいところか。或は、病院の人たちが、どんなに、愛情ぶかく、親切であるか、ということを。

「馬鹿な！　俺は絶対、気狂いじゃない！」


織坂が、絶望する表情をみせるたび、ユキは、微笑む。珍らしく、織坂は、しらふで、帰ってきた。

「おい、今からドライブだ。仕度しろ。」

表には、黒の、セダンが止まっている。ユキは、ふと、硬ばった表情をしたが、化粧台の前に、座る。パフで、顔をなおす。ルージュを、ゆっくり引く。いつか、手つきが、いそいそ、と変る。楽しそうである。着物に着かえ、車に乗る。クッションに、沈む。

「じゃあ、お願いします。」

はっきりした口調で、織坂が、言った。

看護婦は、緊張した様子で、ユキに、付き添った。

死体処理会社

死体は、曠野の匂いがした。

もっと正確には、満州の、そして赫土と、砂埃の匂いだった。

織坂は、転がされている死体を、かるがると、担ぎあげた。もはや、それが男であっても、女であっても、曠野の匂い以外の、何物でもなかった。

織坂の商売は、思惑どおり、儲けに儲け、稼ぎに稼いだ。資本は、屎尿処理タンクだけで、充分だった。註文は殺到とまでいかなかったが、ひっきりなしにあった。そのたび、織坂は、義手・義足を器用に、巧みに動かし、想像以上の礼金を、せしめるのだった。

真夜中、死体を、屎尿タンクに抛り込み、5時間ほど、スピードをたのしんで、海岸から捨てれば、仕事は終るのだった。

『死体処理会社』

それが、会社の名前であり、織坂には、うってつけの、商売なのだ。スポンサーは、暴力団のボス連中と、殺し屋たち。衛生車が、真夜中、どこへ駐車していようが、誰も、疑うものはない。もちろん、死臭は、タンクの中で、屎尿の匂いに消される。そして、殺人者が、この世の中に存在するかぎり、この商売は、つづくわけだ。彼等に、感謝されながら。

――きょうの死体（やつ）は、重い……頑丈なつくりだ。80キロは、軽く越す。相当な、大物なのだろう。貫録も、充分だ。よほど、バランスに気をつけないと、死体もろとも、階段から、転がり落ちる。

例によって、死体は、曠野の匂いだけ。人間らしさは、何ひとつ、感じない。

——もっとも、おれが、義手・義足だからな。感じるわけがねえや。だが、やけに、重い荷物だ……

織坂は、途中で、担ぎ変えようとした。階段は狭く、危うく、倒れそうになった。

その、瞬間だった。

死体の胸が、織坂の胸へ、触れた。織坂の、精神が、動顚した。血が、明かに、逆流した。死体が、初めて、人間らしさを、いや、人間であることを、告げたようだった。生き身の、心と心が、ぶつかりあったような、感情だった。

織坂は、ハンドルを握ったが、さっきの、以外な心の動きが、奇妙に、落着きを乱す。

20年前、満州で、捕虜を虐待した。そして敗戦……今度は、虐待される番だった。片手を切られ、片足を切られ、両手・両足を、喪った。のめり込む意識のなかで、嗅覚だけが、異常に冴えていて、赫土と、砂埃の匂いがした……

織坂は、不吉な回想を、腹立たしく思い、アクセルを、踏み込んだ。

グーン、とスピードが上る。と同時だった。

織坂は、自分の死体を、はっきり、見た。

それは、自分の手で処理できない。不ざまな、死体だった。

クリスマス・イヴ

織坂には、死ぬことが、分っていた。

今夜、11時43分13秒。1秒の狂いもなく、死ぬのだ。

織坂は、物心つく頃から、自分の出生について、疑いを持ちつづけ、死と戯れながら、成長した。

ある時期には、自ら死を呼ぼうとあせり、入水したり、縊れたりしたが、死のほうで、相手になってくれなかった。

織坂が、死を忘れたのは、昭和21年の、秋からだった。

「死のうとしても、死が、嫌ってしまう。だから、罠をかけて、死を、おびき寄せるのだ。それには、死を、すっかり忘れてしまうこと。知らぬ振りして、生きている真似をすることだ……」

それから15年——遂に、死は、織坂の罠にかかった。とぼとぼ、向うから、やってきたのだ。

面と、むきあってみると、死は、ずいぶん気のきかない風態をしていた。揃わない無精髭も、鼻緒の切れかかった下駄も、滑稽だった。

「迎えにきたよ。クリスマス・イヴだがね。時間は、厳守のこと。後、すぐ生まれるのでね。」

席を譲ってくれ、といっているらしかったが、死は、そんな気のきいた表現ができないらしく、ぶっきら棒だった。

「承知したよ。キチンと、時間を守ってやるから、心配しなさんな。」

死は、それまで付合う閑はないと見えて、すぐ、帰っていった。

——あと、2時間と、少しだ。

織坂は、友人の家に、挨拶に行こうと思ったが、止した。なじみのバアにも、寄らなかった。「死ぬときは、せめて、一人っきりのほうがいい……」織坂は、ひっそりした、クリスマス・イヴの街を、ゆっくり歩いた。最近ではキャバレーも不景気。そのうえ、サラリーマンの全部が、ホームクリスマスを楽しむようになって、街の賑わいは、どこにもなかった。たまに、すれ違う男や女たちも、みな足早に過ぎていった。商店街も、9時を過ぎると、バタバタ戸を閉めて、労働基準法を、守っていた。

織坂は、一人暮しのアパートで、手持無沙汰に、死を、待つのも変だ、と思った。待ちこがれている姿は、不ざまだ。

「どこか、店は開いてないかな。クリスマスケーキを、買わなくちゃあ……」

　小さな菓子屋の、可愛いい娘さんが、念入りに、リボンを掛けてくれた。

「これ、オマケです。」

　赤と、黄と、青と、白の、マッチ棒くらいの、ローソクを、そっと、手渡してくれた。

　織坂は、アパートに帰ると、着替えをして、クリスマスケーキに、ローソクを立てた。マッチを擦ると、せつない音がした。

「おまけって、いい言葉だなあ……」

　死が、来たら、ケーキを半分やろう、と思った。

昏（たそがれ）

――鼠小僧――

鼠小僧は、恥かしかった。

当然、市中引き回しのうえ、獄門首にさらされる、と覚悟していた。それが、こともあろうに、百叩きで、疫病神同様に、追っ払われたのである。

鼠小僧は、情けなかった。

容貌の醜さと、不恰好な、背中のコブが、奉行をはじめ、小役人までを、吹き出させてしまった。

「たわけめッ。貴様みたいな奴が、天下を騒がす、鼠小僧であるわけがない。お上を嘲弄した廉によって、ムチ打ちの刑じゃ。」

鼠小僧は、死に物狂いで、自分自身の証しを、申し立てた。が、結局は、無駄骨だった。

お江戸八百八町は、花まつりで、一段と賑わっていた。花見酒に、酔い痴れる者、浮かれる者、泣く者、笑う者、まさに、この世は百花繚乱、天国だった。なかでも、年増女の、陽気なお喋りは、鼠小僧の噂で、もちきりだった。

「ねえ、ちょいと、水もしたたる、いい男っていうじゃないのサ。」

「粋な、盗っ人サ。おまえさんの亭主なんざ、色男のうちにゃ、入らないよ。」

「一晩でいいから、あたしゃ、抱かれてみたいよ。」

次から次へと、女たちは、想像し、露骨に喋り合った。それればかりか、一目拝んで死にたい、という狂気じみた崇拝者まで、現われる始末だった。

鼠小僧は、泣くに、泣ききれなかった。

噂のかげを、コソコソ、醜い身体で、駆け抜けるより、仕方がなかった。

もとはといえば、拗ねた気持から始めた、盗っ人稼業。それも、度かさなるうち、武家屋敷専門になった、というだけのこと。まして、義賊など、とんでもない、濡れ衣だった。

鼠小僧は、馬鹿馬鹿しくなった。

憎い、という感情より、阿呆くさい、という気持の方が先に立った。

「金輪際、盗っ人なんか、してやるもんか。」ピタリ、と盗みを止めることで、奉行所や、世間の奴等に、復讐をすることに、決めた。

「鼠が、ちっとも、騒がねえや。」

鼠小僧のしっぺ返しは、まんまと、図に当った。世間はすっかり、しょげかえった。

花も散り、お江戸に、夏がやってきた。

鼠小僧は、ふさぎの虫からも、解放され、久し振りに、町へ出た。途端に、真っ黒な、人だかりである。

「鼠小僧だ。鼠小僧が、捕まった。」

人だかりは、その叫び声に、熱狂した。

「なるほど、こいつあ、いい男だぜ。カァちゃんが惚れるのも、当りめえだ。おや？いい度胸じゃねえか。笑ってやがらあ。」

男たちは勿論、女たちの、嬌笑はすさまじかった。市中引き回しから、刑場まで、人だかりはぞろぞろと、離れなかった。

お上を恐れぬ不屈者、として首を刎ねられた、美男子は鼠小僧の後輩の、コソ泥だった。

鼠小僧は、淋しかった。

闇(くらやみ)

――茨木童子――

私は、酒呑童子の、四天王のなかでも、一番臆病者の、茨城童子めに、ござります。ハイ、熊童子、虎熊童子、かね童子の三人から、いつも馬鹿にされ、笑いものにされておりました。そのくせ、四天王のうちでも、怪力無双と、宣伝され、酒呑童子からは、変に、みとめられておりました。

……或る夜、そのような生活が、つくづく厭になり、こっそり、都へ逃れ、羅生門まで辿りついたので、ございます。ハイ。

「何者かっ！」

突然の、われ鐘のような声に、ハイ、気も動顛、ただもう、肝がつぶれるほど驚き、ひっくりかえったので、ござります。

私が、叫んで倒れましたのと同時に、われ鐘のも、どっすんと、尻もちをついたので、ござります。しばらくして立上る気配があり、今度は、恥しそうな声が、聞えてまいったので、ござります。

「驚ろかして、済まなかった。許してくれ。どこにも、怪我はなかったか。すまん、すまん。」

私は、二度びっくり。何と、心根の優しいお方であろうか……と、お名前を聞いたので、ござります。

「わしか。わしは、源頼光の家来、渡辺綱という者じゃ。して、そこもとの名は……」

「ハイ。酒呑童子の家来で、茨木童子と申します。」

途端に、綱さまは、飛び上らんほどに驚ろかれ、逃げ出されようと、なされました。イイエ、ホントで、ござります。そこで、お呼び止めして、私の、身の上ばなしを、聞いていただいたので、ござります。ハイ。綱さまは、ウンウン、と頷いて、聞いておられましたが、「実は、わしもお前と同じ立場でのう。坂田金時、碓井貞光、卜部季武たちは、意地が悪うて、わしの臆病を、なぶりおる。だが、わしも武士。ただそれだけの理由で、お前のように、逃げ出す訳にもいかんのじゃ……」と、嘆息まじりに、辛そうに、申されたので、ござります。

そこで、私は、松の枝を切り、羅生門で鬼の手を、切り落したとご報告なさるよう、申しあげたので、ござります。「しかし、皆、その手を見せろ、と申すは分りきったこと。その折は、如何するのだ。」

私は、一計を案じ、鬼の祟りが解ける間、手と一緒に、お館におこもりなさるよう、申しあげました。祟りが解ける前日、私が化けて、手を、取り返しにまいります。そこで、綱さまは、奮戦したが力尽き、取り戻された、ということになされたらいかがでしょうか。と申しあげたのでござります。ハイ。

綱さまは、大変お喜びになり、弱い者同志の愛情こそ、いつの世にも美しいものだ、などと、お世辞を申され、すまん、すまんと、お帰りになったので、ござります。ハイ。

その、うしろ姿、歩き方、いそいそとなされておりましたが、人間世界に生きる、淋しさがただよい、悲しさが、あふれておりました。それでも私は、いいことをした、と思わず、晴れやかな気持になったので、ござります。ハイ

夜

――国定忠次――

「赤城の山も、今宵をかぎり……
生まれ故郷の國定の村や
可愛いい子分の、てめえたちとも
離ればなれになる門出だ……」

小松五郎義兼の、業物を手に、忠次の目には、キラリ、
小粒の感傷が、はしった。
四百人の子分たちにも、三両あての、路銀を、分け終っ

た。「親分、お達者で」と、一人一人、頭を下げて、赤城を落ちてゆく後ろ姿には、あまりにも明るい、月の光だ。

「親分、長げえあいだ、ご苦労さんでござんした……」

円蔵の声に、ふと、忠次は、現実にかえった。

「おう、これは日光の。いや、忠次郎どんか。」

「親分、忠次郎は止しておくんなせえ。もってえねえや」

「いや、そうじゃねえ。役目が終った俺にゃ、もう、国定忠次は、名乗れねえ。二十年の間、ありがとう。改めて忠次郎どんに、お返しいたしやす。」

「とんでもねえこってござんす。生まれつき、臆病で、度胸も根性もねえ、この忠次郎は、ばくち打ちの、クズでござんした。それが、名めえをお貸しして、上州はおろか関八州にまで、男をあげっちまった。もってえねえこってござんす。国定忠次は、俺いらにゃ大きすぎる、名めえでござんす。」

忠次は、ハッと、後悔した。

恐ろしいことだ。一介の、百姓の名前と思って借りたのだが、本人の知らぬ間に、名前だけが、どんどん、成長していった。すまなかったと、それだけで、名前を戻したって、かんたんに治まることじゃない。

「こいつあ、とんでもねえことをした。じゃあ、国定忠次は、改めて、俺いらが貰おう。だが、最後の、お仕置になるという筋書は、変えられねえ。ご老中の指図どおり、上州を無事治めたが、代官斬りや、関所破りの、罪は罪。お仕置には、俺の変りに、名もねえ無宿人がなるだろうが国定忠次の、罪は生涯消えねえ。忠次郎どん、いや、円蔵の。かんべんしてやっておくんなせえ。」

「親分、あっしゃあ、それで満足なんでさあ。」

すでに、子分たちも、山を降りてしまった。雁が、滑るように、飛んでゆく。

「二十年の、やくざ渡世も、今宵をかぎり……」

忠次の目から、大粒の感傷が、どっと、あふれた。

暁(あさ)

――平手造酒――

笹川方では一人の死者もなかったのに、ただこの人物だけが、全身十一カ所の深手を負って翌真夜中に死んでいるのはどうした訳だろう。

子母澤　寛「俠客列傳」より

八月とはいえ、大利根の川風は、突き刺すように、冷(つめ)たかった。

天保十五年八月六日未明、笹川の繁蔵は、飯岡一家の、殴り込みを受けた。

二十名近くを斬った、平手造酒は、ほっと、一息入れるため、川岸に降りた。

周作の、考えどおりであった。

「しばらくだったな、平手。」

周作は、笹川と飯岡の、喧嘩を待っていた。当然、用心棒の平手が現われるのは、間違いなかった。

「平手、私は、十年前の、あの試合の続きを、真剣でしに来た。立合ってくれるか。」

「いいでしょう。」

造酒の返事は、さっぱりしていた。

「笹川に対しての、義理もすみました。それに、もう、邪魔の入ることも、ありますまい。存分に、やりたい…」

周作と、造酒は、同時に、構えた。

遠くの方で、やくざ同志の争う声が、ふっと、祭り囃子のように、聞えた。

瞬間、激しく風が、舞った。
刀と刀がぶつかり合う前に、燕の早さで、二人の位置が入れ替った。
確かだ。周作は、袂が、半分斬られたことを、意識した。

この眼だ。変らない、この眼の、輝きだ。十年前、私をあざ笑って、いま、私を笑っている、この眼だ。試合のとき、私が、打ち込もうとした刹那、参りました、と竹刀を引いた平手の、顔が笑った。そのときの、キラリ、と光った眼……私は、軽蔑されたことを、全身で感じた。屈辱のため、戦慄した、私の心。確実に、平手の腕の方が一段勝っていた。どうすることもできない、実力だった。だから、平手を、殺さなければならない。武士の、意地ではない。北辰一刀流の、ためではない。千葉周作のためだ。
造酒の、白い着物に、血が、飛んだ。

額が、割れた。そのまま、造酒は、倒れた。

周作は、刀を納めると、あとを、振り向かなかった。平手の死より、眼が、恐かった。

もし、あの試合のとき、平手が、竹刀を下げなかったら

……私が、打ち込んで負けていたら……いや、あの眼が、もっと違った、眼であったら……

周作は、ひっそり、大利根の流れを、渡った。

造酒は、まだ、意識があった。消えゆく生命の、かすかな温もりのなかで、酒が欲しい、と思った。周作が、可愛想だ、と思った。

造酒は、できる限り、喧嘩場の近くへ行きたい、と思った。ジリ、ジリ、這った。そうすることで、周作の、最後の仕上げをしてやりたかった。

午(ひる)

――丸橋忠弥――


「宗さん、すまねえ。とんでもねえ、道連れとなったな。」

「旦那、あっしゃ、旦那と同じ目に、賭けただけなんでさ。おたげえに、ツイてなかったまで。旦那が、気の毒がることはありませんやね。死ぬまで、付合わしておくんなさいよ。」

　裸馬に乗った二人は、それから、ハハハハと、陽気に笑った。武士の方は、丸橋忠弥。やくざ風の男は、宗吉といった。

　慶安四年、七月二十三日。夢破れた、由比正雪は、駿府で自害。江戸で捕えられた、忠弥と宗吉は、獄門と決まった。

町人たちは、忠弥を、英雄と見る者、謀反人と見る者、さまざまだった。

「見ろ、裸馬に乗っての高笑い。ありゃあ、引かれ者の小唄ってやつだぜ。」

「ああ、馬鹿笑いってのは、憎たらしいもんだな。あれじゃ、獄門といわれたって、誰ひとり、同情する奴なんかいるもんか。」

「おや、お半さん。どうしたい。いやに、顔色が悪いようじゃねえか。え、悪党面を見て、気分が悪くなったんじゃねえのかい。」

「そうなんだよ。」

「ちげえねえや。じゃ、気分直しに、どうだい、一ぺえ。昼間の差し向いてえのも、乙なもんだぜ。」

厚い陽差しから遠去かると、裸馬も、町人たちの雑言も、嬉しそうに笑っていた二人の姿も、幻のように消えた。お半は、そのことが、妙に、いらだたしかった。尻を追っかけ回している助平男と、一杯やるのも癪だったが、気分を落着けるためには、仕方のないことだった。

「ところでお半さん。ちっとも、酔わねえようだが…」

「酔えないのさ。」

「あっしとじゃあ、駄目ってことですかい。そりゃ、つれねえ返事だ。」

「そうじゃないのさ。あたしゃ、嫉いてるんだよ。」

「え、」

「さっきの、男にさ。」

「?」

「牢人じゃない方の、宗吉って男。ありゃ、あたしの、亭主だったのさ。」

「そ、そいつぁ、本当かい。」

「本当だとも。宗吉はね、バクチ好きで、ロクでなしだったよ。人に付合うことしか、能のない男でね。あたしなんか、ちっとも、可愛がっちゃくれなかった。だから、あたしゃ、浮気の仕放題。宗吉を捨てて、逃げ出したのさ。それが、あの笑い顔を見た途端、心から嬉しそうだった。バクチにも負けつづけ、女からも振られっ放し、どこかの牢人と付合い出した、という噂だったんだが……畜生、あたしには一度も見せなかった、嬉しそうな顔をしやがって……」

蟬の声が、急に、座敷一杯に、拡がった。

お半は、呆けたように、男に、抱かれた。

至芸のエンターテイメント

――解説に代えて――

志根　匠太郎

夫は妻を抹殺し、妻は夫を亡き者に、とたくらむ。そんな夫婦間の相互謀殺を同一テーマにしたショート――〝織坂もの〟を、作者はすでにこれまで十篇近く書いている。

作中、つねに企図された完全犯罪は逆転し、加害者は被害者にかわる。〝消される〟のは、たいてい夫たる〝織坂〟なのだ。その〝織坂〟も、ときには妻の狡智をくつがえして、あざやかなプレイをみせる。（「変ったドライブ」）だが、成功を収めて、彼の得たものとなると、はたして何か。

あるときは死体に荒涼たる曠野の匂いをかぎ、処理できぬ〝自己の死体〟を見る。（「死体処理会社」）そして、ついには〝死〟そのものをワナにかけて呼び、いそいそとケーキを買い求め、残されたわずかな時間を、独りなごむ。（「クリスマス・イヴ」）

そんな〝織坂〟が、時代劇の書割のなかで〝変身〟して、自在に活躍をみせるのが「昏」以下の諸篇だ。

ご存知鼠小僧から茨城童子、国定忠次、平手造酒、丸橋忠弥までここでは彼らのある者はニセ者であり、弱者であり、そしてまたスタイリストとして登場する。いわば新釈アウトサイダー列伝だが、彼らはそれぞれに、羞恥や自嘲、感傷に身をさいなまれ、あるいは自らの宿命を演じて〝ニッコリ笑って果てる〟のだ。

これらのユーモラスとペーソスに満ちた諸篇から、現代人や日常生活への、アイロニーや虚無を読みとるのは、読者の自由だ。とかく、作者は構想もユニークな、至芸のエンターテイメントを、ここに確立してみせている。(篇中の現代もの「変ったドライブ」、時代もの「午」は、構成の妙、描写の冴えといい、内外の古典的名篇に比肩できよう)興趣にあふれた現代ロマン・ショート集として大いに称揚した。

世界最大の小小説

荒　幸　介

　私が編集にたずさわっている雑誌「博多春秋」に織坂幸治さんが〝世界最大の小小説〟と自ら銘打った小説を書いてくれたのは、昭和四十年三月から翌年十二月までだった。途中で何回かお休みはあったが、稿料はタダなのに厚かましくもやいのやいの催促して殆んど毎号の如く書いて貰った。全部で十五篇だった。この一文をかくために改めて当時の雑誌に目を通してみたが、大げさに云えば、「身ぶるいするほど好きな」作品が依然として三、四篇あった。

　織坂幸治は年中忙しい人である。いつも何かしている人で、当時は確かいくつかの原稿を毎日書いていたように記憶している。徹夜仕事もひんぱんにあるような、そんな多忙な身を承知の上で書いて貰うのだが、さすがに催促する人間として辛かった。

　一篇の長さは四百字詰の原稿用紙で三枚だった。殆んど注文を出さず、自由に書いて貰った。殆んどの作品に淋しい孤独な翳のある男が登場している。この男たちは詩集「石」「壷」の著者・詩人織坂幸治自身の投影とみるのは私の見当違いであろうか。

私自身が同人雑誌作家の一人なので、小説を書くことの、ましてや三枚という制限で書くことの難しさがよく分かる。

その私がものを書く人間の一人として忘れられないのは、織坂幸治がいつだったか語った次のような話である。彼が執筆する日は、朝からその心づもりになって、そして夜、まず自室の机の上をきれいに拭き清めそれから机に向うそうである。そのときの織坂幸治は恐らくきちんとした着物姿で正座しているのではあるまいか。私はその話から彼の芸術及び人生に対する覚悟を思い知らされたような気がしている。

あとがき

40才間近かな私が、本気で、考えていることは、「50才を過ぎれば、小説が、書けそうだ」ということである。

だが、それまで、生きれるか、どうか。しかし、死ねば死んだで別に、悔はない。私にとって、小説とは、そんなものなのだ。

詩は、既に20年。3冊の、小さな詩集を出した。まだまだ、書きつづけるつもりだ。血気さかんな頃の、性急さはないが。色気は、益々、旺盛だ。

ここにまとめた作品は、約1年半、「博多春秋」に、書いたもの「ミニ・ロマン」と名づけてもらった。が、果して、私の意図が、伝わるか、どうか。いずれも、1、500字以内。世界でも、最小の小説という、狙いだけには、自信がある。

迷っていたが、年来の友人である、黄村葉・志根匠太郎・荒幸介3氏のすすめで、「冗談から、駒が出た」という次第。感謝します。

壱阡九百六拾九稔壱月壱日

呑呆亭にて　織坂幸治

織坂幸治ミニ・ロマン集／消し算／発売日壱阡九百六拾九稔壱月大安吉日／発行所薔薇の会／福岡県筑紫郡筑紫野町二日市宮田町県住六拾九号／印刷所旭印刷株式会社／福岡市石城町壱拾九之壱拾／頒価五百両／弐百限定版

（平成十六年五月十六日　復刻版発行
（有）花書院　福岡市中央区白金二―九―二）

ぼんくら談義

――「手応え」ということ

主人を中洲に
誘わないでください
妻より

私の、最近の作品である。私の店である珈琲亭「ぼんくら」へ、この作品を貼り出した途端、思いがけぬ程の手応えが返ってきた。軽蔑的な批判から心情的な解釈まで、喧喧ごうごう。それは誠に愉快なものである。

話題の中心となるのは、男女とも決って「妻より」という言葉で、聞いていると人それぞれの個性がにじみ出ていて、何とも楽しい。例を挙げてみると、「良妻」から始まって、「新妻」「愚妻」「恐妻」「悪妻」「先妻」「後妻」「本妻」「妾妻」、そして「幼妻」に至るまであって、私も今更ながら妻の在りようがこんなにも複雑怪奇であったのかと、驚ろかされた次第である。

ついでに、もう一つの作品を紹介しておこう。

当方、有権者３名
買収に応じます。

昭和47年の、総選挙の時の作品である。当時、私は電通へ勤務していたが、朝一番にこの看板を家の前に掲げて出社した。私の家は表通りではなかったが、通勤者や学生達が近道をして通る道に面していて、人目につくには絶好の場所である。

出勤後1時間位で警察から電話が入った。「どういう積りか。困るから降ろしてくれ」というのである。私は、「困るから降ろしてくれでは、こちらも困る」と答えた。警察では即座に「困る」理由が見つからなかったのであろう。一旦、電話が切れた。その後数回にわたって掛かってきたらしいが、私はF新聞社の取材班につかまっていた。

取材に対して私は、次のような考えを主張した。

①選挙の度に、莫大な買収金が公然と動いているのだから、今後の選挙はすべて「買収選挙」とすべきである。②「買収選挙」となれば、国民は選挙日が待遠しくなるし、投票率も百パーセントに達するであろう。③買収金額による候補者の相場一覧表を公表すれば、嘘八百の演説など聞かなくとも、一目瞭然、候補者の決定ができる。

以上、10年1日のごとく繰り返されている陳腐な選挙に対しての、方法改造論を述べたのである。F新聞に、一面トップ10段抜きの記事が掲載されたのは、その日の夕方だった。

私は今、「手応え」という言葉とその意味について、しきりに思い悩んでいる。そういえば、「手応えがある」とか、「手応えがない」とかいう言葉を誰の口からも聞かなくなった。つい数年前まで、あれほど颯爽と息づいていた筈の「手応え」は、一体、いつの間に、何処へ消え去ったのであろうか。「手応え」はもう、日本と日本人から忘れ去られてしまったのであろうか。

正確に思い起せないが、「手応え」がふっと姿をくらましたのは、占領政策の3S作戦（ストライキ・スポーツ・セックス）が除々に効果を現わし始めた、昭和34、35年頃ではなかったろうか。日本の政治、経済、文化が一気に上昇気流に乗って、天を懼れずに昇天していった結果だといえそうな気がする。

それはそれで構わないが、ただひとつ日本文化が「手応え」を見失なってしまったことが、私をひどく悲しませる。考えてみるまでもなく現実を見れば、「手応え」のない文化が、如何に猿マネ文化に過ぎないか、浮草文化でしかあり得ないかがよくわかるだろう。

では、「手応え」とは何か、ということになるわけだが、私なりの考えでは、人間が全精神と全肉体とを賭けて確認し得る生の存在である。だから、私にとっての「手応え」とは、私が今まで生きてきたことへの確証と、今現在生きていることの確認である。つまり、私の存在そのものが感知し、反応し、行動するところの生命力である。

「手応え」は、深く自問自答する精神によつて支えられているものだ。「のれんに腕押し」精神や、「ヌカに釘」精神では、決して固まるものではない。

確かに、私は「ぼんくら」である。「ぼんくら」であるが故に、生きることも、愛することも、文学することも、不器用であり不様である。しかし、「ぼんくら」であるが故に、考えることも、悲しむことも、怒ることも、楽しむことも、人並以上の努力をしている。人間らしく生きたいと、2倍も3倍ものムダな人生や、余計な回り道をうろついているのだが、結果的には人間の一生を、2倍にも3倍にも生きていることになる。

小林秀雄の言葉に「手応へは、手探りによるより他はない」というのがあるが、日本文化の発生と伝承を考えると、まさにこの言葉どおりである。文化というものは、「お利口主義」によって形成されるものではないのだ。「手応え」さえ知らぬさかしらな精神によって産み出されていくものではない。それほど文化というものは頑迷、頑固なのである。

「手応え」が、私にとって人生の証しである以上、私もまた手探りによってしか生きていく他はない。たとえそのことが失笑を買い、恥をかくことであっても、悲しみに満ち溢れた虚妄の世界であっても、その場所でしか生きていけないのであれば、その場所でよりよく生きる他はないのである。

これから、私の人生がどう変化していくか、私の作品がどんなものになるのか見当もつかないが、確信の持てないところから出発するのが「ぼんくら」の発想であることを、ひたすら信じていく以外にはない。

――「税金」ということ

今年も3月15日、私は半日の時間を潰して税務署で確定申告を行い、日本国民としての義務を立派に遂行した。結果は、「またしても」6万5千円余の納税金を言い渡され、その日のうちに借金を作らねばならず、半日がまる一日となって、それでも半額は義務どおり納入した。後の半額は5月であるが、まことにもって不愉快千万な一日であった。

「またしても」――そう、私の場合は、前年も、前々年も、「またしても」金を余計に納めなければならないのである。

理由は、原稿料である。つまり、サラリーマンである私が、時々頼まれたり、頼んだりして書く原稿料が確定申告の際、年間のサラリーと合算され総収入の税率がハネあがる結果、税金の不足額となってくるのである。

私が原稿を書かなければ、確定申告をする必要もなく、「またしても」とか、不愉快千万な不足金を納入する必要もないわけだが、私の生活環境は、それでOKというほど簡単ではないのである。

或る年、税務署と押問答したことがある。自宅へ電話がかかり、原稿料の追徴税を納入してくれということであった。

「どうして私は、いつもそんなに払わねばならんのですか。原稿料といっても、私は大作家や大評論家ではないし、ほんの僅かな稿料しか貰ってませんがね。それに、給料は給料として会社の方から所得税を払ってるし、原稿料は原稿料でキチンと一割税金を引かれて貰ってるんだから……私はむしろ、二重の税金を払ってるということで払戻しを受るか、表彰されるのが当たり前だと思っているんですがね」

私がここで一つ疑問に思うことは、サラリーだけで飯が食えないから原稿を書くのであって、その為に追徴税まで取られるのであれば、サラリーの不足をどう補えばいいのかということである。

「計算でそうなっていますから……とんでもない、税務署は、そんな計算違いするものですか」

「分りました、払いましょう。私も日本という法治国家の国民ですから払います。然し今すぐと云われても払えません。ね、何とか分割で払う方法はありませんか」

「分割はムリです。それに4万円位じゃないですか。一時に払えないことはないでしょう」

私はここで押えていた怒りが、いきなり心頭に発したのである。

「冗談じゃない。4万円位とは何だ。手前勝手なことを云うな。4万円が一度に払える位なら、内職に等しい原稿など書くわけがない。あんたは、私に4万円払って、飢え死にしろと云うのか！」

相手は飢え死になんて信じられないと云う。成る程、お前さんの家庭では飢え死なんて考えられまい。だからといって、人まで平穏無事だとは云い切れまい。もし私が、4万円を払ったばかりに飢え死にしたら、お前さんはどうするつもりだ。私は無精に腹が立ってきて署長を出せと大声で怒鳴ったのである。

一旦、電話が切れて、署長は不在ですので代理の私が話を承りたいと、違う人が出てきた。官僚がよく使う手である。

「ああ、法律で決まっているから払うのですか。払いますよ。私は一度も払わないとは云ってないんです。ただ念の為伺いますが、その法律は誰が決めたのですかね」

「は?……」

「……とにかく払いますが、一時金では払えませんから、こういうことではどうですか。つまり、毎日十円ずつ払いましょう。ですから集金に来て下さい」

「それは困ります」

「私は払うといっているのですよ。受取らないのですか。然も毎日払うといっているのに、それが受取れないとおっしゃるのであれば、払わなくてもよいのですか」

ここから、税務署が困るように私も困るという問答が延々と続くのであるが、結局「差押えます」という最後の切札で電話が切れたのである。私はすぐさま電話を掛け、私の切札で返答してガチャと電話を切った。

「差押えですか。結構です。お金はないが品物なら多少あります。お好きなものからどうぞ押さえて下さい。その代り、これからの税金は一切、品物で払わせて貰いますからその積りで……」
4、5日後に、電話差押えの通知が来たが、母がひどくおびえて、私に内緒で一時金を支払ってしまったのは、残念だった。
私は決して、税務署を憎んでいるのではないし、ましてや面白がってからかっているのではないのだ。税制に対する不合理性を納得できるように問い正しているのだ。ただ、私が「ぼんくら」であるが故に、その問い正し方が前述のような結果を生むのであって、法律に無智な私としては、精一杯の努力なのである。

税制を問い正す意味は、二つある。その一つは、納税義務者が義務を遂行するために、まる一日の大切な労働時間を潰さねばならないこと。その上、借金までせねばならないこと、である。(税務署に限らず、官公庁の窓口業務に対する意見は、他日改めて書く)

その二つは、選挙後の汚職摘発と同じように、納税後の脱税摘発記事が、如何にも納税者を小馬鹿にしたように発表されることである。まるで、税金をビクビクし乍ら納めたお前たちはバカ者であるといわんばかりではないか。大口脱税者の額を見よ。私ごとき4万円とはケタ違いに大きい何十億である。同じ日本人であり乍ら、一方は義務を果す度に借金し、一方は義務を果す意志もなく脱税する。然も、バレねばまるモウケである。この矛盾を国税庁、税務署はどう考えるのか。

ソンとモウケで税金が取立てられているのであれば、私はいさぎよく日本の国籍を売り飛ばし「ぼんくら」王国の王になったほうがましである。

――「よそ見」ということ

「こら！よそ見をするな」

私の小さい時はいつも、そう怒鳴られてビンタを張られたものだ。張り手は決まって、親父であり、学校の先生であり、お巡りさんであり、海軍予科練時代の教官達であった。

私はよほどよそ見が好きだったらしく、いつもいつも怒鳴られてはぶん殴られた。その理由は、「態度が悪い」「無礼である」「落着きがない」「尊敬の念がない」「野次馬である」「精神がたるんでおる」「集中力がない」「不熱心である」「怠けておる」「やる気がない」など、その時々によって多様に異っていた。

なかでも強烈だったのは、予科練の訓練中に女学生を見た時だった。それは、顔が見えない程の遠い距離であったが、よそ見をした途端に女学生の姿が目に映り、ハッとドギマギしただけだったが、その瞬間には木銃が脳天に打ちおろされ、失神寸前の激痛にぶっ倒れていた。

「帝国海軍軍人の恥」という最大の理由がつき、皆の前で見せしめに、息も絶え絶えになるまで殴られた。その故か、今でも後遺症が深々と残っていて、女性に目を向けることができないのである。

さて、戦後はよそ見で怒鳴られることも、ビンタを食(くら)うこともなくなったが、よそ見に対する私の態度は、極めて冷淡なものとなった。

その主な原因は、よそ見の質がひどく低下したことにある。女を見てぶん殴られたよそ見の質が、決していいという訳ではないが、それ以下のよそ見が、怒鳴られもせず、ぶん殴られもせず、まかり通っているから情けないのである。

好奇心や退屈まぎれのよそ見は、自己啓発とか精神衛生上からも悪くはないが、見栄やグチに同化するよそ見は許せない

「本当にあなたはダラシない主人ね。お隣りを見てごらんなさい。朝は早く起きて庭掃除。夕方は5時半にはキチンと帰ってきて、奥さんのお手伝い。それに、お休みの時は子供連れでドライブ。それにくらべてあなたは……酒ばかり吞んで、家のことも子供のことも考えたことはないでしょ。ご近所に対して恥かしくてやり切れないわ」

なるほど、毎日酒ばかり吞んで朝帰りする亭主は、女房にとって誠に怪しからん夫である。何と罵られても、一言の文句もない。私だって、心の中でひたすら詫び続けているのである。（ところが、私と同じように毎日吞み呆けている亭主がいっぱいいるのである）それは兎も角として、私に対する非難は素直に受け入れられるが、隣のご主人となると、なんとしても気に入らない。なぜ、よそ見をするのか。そしてもう一つ。ご近所に恥しいのはなぜか。ここでも、ご近所によそ見をしなければならないのはなぜか。

「児玉さんの家は外車を買われたわ。小佐野さんとこだって、土地を買って家を建てられたのよ。笹川さんの奥さんたら、毎日着物が違うの。ああ、うちは何ひとつ駄目なんだから……」

こんな例は女房だけではない。男の方にだっていくらもある。云いかえれば、日本国中の、男と女に

共通した例である。

私が先程云った、よそ見の質の低下というのは、このことなのだ。見栄とグチに同化していくよそ見の恐ろしさがわかってもらえるだろうか。

よそ見の視点が、自己を基盤にしていれば別に問題はないが、自己から逸脱していくとなれば、これは大問題である。

「隣りのご主人は立派だ」

「児玉さんや、小佐野、笹川さんはお金持ちだ」

そこまでで、よそ見の視点が止まっていれば、「ああ、そうだ、そうだ。結構な皆さん達だ」ということで済む。

ところが、よそ見の視点が自己の枠を飛び越え、他人の枠の中へ入り込んでしまうと、「あの人達は立派だが、私のところはみじめで恥しい」「あの人達に負けてたまるか」「あの人達は善い人だが、あなたは悪い人だ」と、全く別の次元での論理となる。

では、世の女房どの、それに類する男どもよ。あなた達は、よそ見をしなければ生きて行けないのか。他人に振り回されるあなた達の生活とは、一体何なのか。あなた達が、みじめで恥しいと云うのは、誰に対してなのか。あなた達は、あなた達の生活を放棄したのか。あなた達は、もう他人の生活しかできないのか。他人の生活と同じであれば、あなた達は幸せになるのか。

世の女房どの、それに類する男どもよ。よそ見の視点を自分自身に返すがいい。そうすれば、己れが呑んだくれであろうが、金が無かろうが、ちっともみじめではない。恥しいこともない。悪い習慣であっても悪い人間ではない。

よそ見の視点がずれたばっかりに、自分自身の魂まで他人に売り渡すことはないのではないか。いくら隣りの主人が立派に見えても、実は、ひどい痴漢であるかも知れない。児玉さんや小佐野、笹川さんが金持ちに見えても、実態はバクチ持ちや暴力金融屋かも知れないのである。

生活は、見せかけではないのである。他人にどう見えても、自分が、自分自身に恥しくなければ、それこそ立派な生活である。

日本の文化は、なるほど、よそ見の文化であった。中国、朝鮮、西洋と、それぞれ隣りをよそ見することで、成長してきた。ただ、よそ見の視点は、ちゃんと心得ていたのである。よそ見の質が、現代とくらべものにならない位、ハイブロウであった。

悲しいかな現代は、「よそ見運転」の時代である。ハッと気づいた時には、己れの魂は傷つくどころか、影も形も失くなってしまっている。酒を呑んでよく考えてみるがいい。

――「計算」ということ

私は生まれつき、計算ができない性質である。四十才を過ぎた現在でさえ、小学校で習った「鶴亀算」が、どうしてもわからない。

たかが、二本の足と四本の足の問題ではないか、と云える人は計算の上手な人である。私には、この二本の足と四本の足が、「鶴と亀」のイメージから「人間と動物」のイメージにつながって、いとも怪し気に絡みあった足の関係が私の心をそそのかすのである。

人間が動物へ移行していくあの瞬間の姿態、あの胸さわぎの眩しさ、それは計算という領域を遥かに越えた問題であって、いくら叱られ殴られても、私の「鶴亀算」は成立しないのである。

私は皆のみせしめのため、授業が終っても教室に閉じ込められ、いつまでも家に帰ることができなかった。そのお蔭で、私は私なりの孤独をイヤというほど思い知ったし、ひそやかな煙草の味さえ覚え知ったのである。(居残り中、先生の煙草の吸殻をほぐして喫煙に耽っていた)

「鶴亀算」の経験は、私から計算を奪ってしまった、とは大げさな云い方であるが、もともと計算というのは頭脳に関する問題ではなく、体質に根ざす問題ではなかろうかということを教えてくれた。

以来、私は十数回に及ぶ職業を転々とし、計算を避けながら今日に至るまで文学青年として生きてきたが、私はそれで大満足である。いくら親兄弟、親戚一同、最愛の妻から「ぼんくら」呼ばわりされようが、「ぼんくら」であることの幸せと誇りには、一片の疑も持たないのである。

ちなみに「ぼんくら」とは広辞苑によれば『盆暗（もと、ばくちの語で、采を伏せた盆の中に眼光がとおらないで常にまけるという意）ぼんやりしている人。うつけもの』とある。つまり、計算のできない、頭の鈍い奴ということである。

恐らく、私が「ぼんくら」でなかったら、借金に追い回されることも、逃げ回ることもなかったであろうが、計算づくで大金持になったり、人を殺していたかも知れないのだ。今頃は、田中さんや児玉さんを遥かに凌ぐ大物になっていただろうし、原稿用紙一枚ではなく、一字数万円の稿料をふんだくる位の大作家になっていたであろう。

さてここで、計算と数字の関係について考えなければならない。

『音楽は詩を食って肥（ふと）ったが、詩はそのために痩せ細った』ふと、私はヴァレリイの言葉を想い出した。なるほど、計算と数字の関係もこれにそっくりではないか。現代の日本を想うと、言葉以上に数字が氾濫している。然も、数字が計算に食い荒されて、である。これは日本と、日本人にとっての由々しき大問題である。

私は、計算ができない性質だが、数字は嫌いではない。もともと数字は、発生の時点では無色透明であった筈だから。無色透明な数字、それは現代でもある。住所の番号、電話番号、年号、日付、ＴＶのチャンネル、ホテルの部屋番号、などなど。計算の加わらない数字は、このようになんとも可愛いいのである。

ところが、数字を操る計算が思いつかれてからは、数字の形相も態度もガラリと変わってしまった。まさに、SF映画そっくりである。数字は忽ち、ネズミやゴキブリのように繁殖し、あっという間にジョーズのようにまで大きく、残忍になってしまった。餌を与えたのは人間である。『天に唾する』人間の思い上った計算という思想である。

私達は今、ジョーズのような数字の前に立たされている。喰い殺されようとしているのだ。いや、既に、私達の思考は噛み砕かれ、嚥み込まれてしまっているではないか。

「多数決」という思考。「大量生産、大量消費」という思考。「マスコミュニケーション」という思考。「平均値」「売上高」「人口」「給料」………という思考。

数字が悪いのではない。数字にこれらの思考をやすやすと結び付けていった計算が悪いのであるが、そうされてもなお気付こうとしない人間の浅はかさ、賎しさが悪いのである。

たとえば、一人の反対より百人の賛成のほうが〈いい〉。そこまでは、まだ許せる範囲だ。ところが〈いい〉からストレイトに〈正しい〉となるところに、大いなる計算違いがあり、許せぬ人間の不遜がある。

人口の多いところが〈都会〉であり、売上高の多い企業は〈信頼〉でき、発行部数の多い新聞社や出版社は〈信用〉できる。給料の多い亭主は〈幸せな家庭〉を作り、原稿料の高い作家ほど〈作品〉がよく、安価なものより高価なものほど〈価値〉がある。

計算される数字によって、人格の善悪が決まり、物事の真実さえ決定してしまう。こんな計算が平然とまかり通っているのが現代の日本である。

もし、計算というものが、人間の尊厳のなかで、まことにつつましく存在していたなら日本民族は、例え敗戦の憂き目をみたとはいえ、現在に至るまで世界中で最も優雅であり得たろう。

では、本当の計算とはなにか。それは一人一人が胸に手を当てて、考え続けること以外にはない。数字の極限には、∞がある。無限である。無窮である。数字が絶滅してしまうほどの極致である。私たち東洋の計算は、ここから初まったのではなかったか。これが本当の計算に対する、私のヒントである。

考えてみるがいい。私達人間が生きてきたといっても、たかが二千年ではないか。どんな計算をやっても二千年は二千年、例えそれが間違って一億年になったとしてもだ、宇宙の命脈からすれば、あっ、という間の瞬間に過ぎないのである。

「足（あし）」ということ

つい先日、宮崎の友人I君と、バッタリ出合った。七、八年振りの懐しさであった。然も私が宮崎へ出掛ける矢先でもあり、宮崎へ着いたら是非とも旧交を温めたいと思っていた友人であっただけに、本当に驚いてしまった。

I君は、以前我々の活動屋仲間で、日豊線を毎月出張で回っているうち、いつの間にか宮崎へ居座ってしまって、呆気にとられた我々を尻目に悠々、もう二十数年、福岡へも会社へも帰っていないのである。

さて、I君の近況を聞いて、また驚ろいたわけである。「足もみ運動」を推進しているというのである。つまり、足の裏の相を観て、その人の健康状態をズバリ診断し、さらに足を揉んでその疾患をなおす、ということを職業としているのである。

I君の説によれば、人間で最も大切な部分は足である。従って、人間の病気の表情はすべて足の裏に現れる。タコ・指のしこり、それ等は必ず人体のどこかに通じ合っていた。そこを圧（お）したり、揉みほぐせば健康にもどれる、というのだ。

手相、人相、骨相ならぬ足相など、半信半疑であったが、足を観て貰うと、なるほど、私の健康状態が気味悪いほど、彼に読みとられるのである。

というわけで、足の裏、足の裏と考えているうちに、足の大事さにハッと気付いた。

「人間は考えるアシである」

パスカルでさえ、そう言っているではないか。また、日本国のことを昔は、「トヨアシハラ」と称していたではないか。

「トヨアシハラ」——そういえば日本列島はまさに、足の形である。いま私は、日本のこの足の裏を眺めながら、大和・飛鳥・奈良、平安時代の、楚々とした素足の美しき幻影を、ふと思い起した。

だが、現代から見れば、なんと甘ったれた感傷であることか、とさえ怒鳴られそうだ。悲しいことである。現代の足の裏を見れば、泥に汚れ、水虫に蝕われ、化学薬品に腐蝕され、原型などどこに喪われたかわからないほどの悲惨さだ。然し、これが現実であり、これが生きていく上での必然だ、と現代日本人は考えている。土足のまま、世界中をのし歩いていることが、日本人の誇りであるとさえ、企業は考えている。情けない限りである。

日本人の質が低下したのは、そう、誰もが裸足にならなくなってからだ。山が崩され、海が汚染され、田舎が都会化され、道という道がアスファルトになり、畠という畠がマンションやアパートになったからだ。子供達は生まれた時から土を知らず、運動靴を履かされ、大人達はイタリア製やイギリス製の革靴を自慢し合うようになったからだ。

かって、私が愛してやまなかった女達も、サーカスじみた色模様のストッキングを自慢気に履き、素足の美しさを捨て去ってしまった。なんと虚(むな)しいさまであろうか。

土を踏みしめる土がない。土を踏みしめる素足がない。これでは、いくら「足元をみつめろ」といっても、みつめようがない。参院選、二百海里、教育問題、公害裁判、みんな「足が地に着いていない」のである。同じ土壌に立っていないから、他人の真意や苦しみがわからないのである。

「足を洗う」という言葉がある。「心を入れかえる。外道から本道へ戻る。生まれ変わる」という言葉と同義語である。この事の重大さを認識している者が、現在何人いるだろうか。半端者といわれるやくざだけかも知れない。「足を洗う」ことは、命がけだ。死ぬほどの覚悟がなければ、「足を洗う」ことはできない。

だから、日本民族は、今こそ「足を洗う」べきだ。日本国の滅びを目前において、なにをためらうのか、政治、教育、企業と労組、商人、職人、父と子、親と兄弟、することなすことすべて「足のすくい合い」ばかりではないか。

「足寒くして心を傷(やぶ)り、民怨んで国を傷る」という故事を、心深く味わってみるがいい。

I君のことから、足についていろいろと考察してみると、足というものが如何に人間にとって大切であるかが、よくわかる。

言葉の上からも、前記の故事のように、足と心は切っても切り離せぬ関係があるからだ。我々の心が満ち足りた時には「満足」であり、逆の場合は「不足」である。

人類の発生を考えてみても、動物から人間へ進歩した基盤となるものは、四つ足から二本足で立つことが出来たということである。つまり、人間の偉大さは、二本足で大地を踏みしめることではないか。
相手の弱点を見破ることを「足元を見る」という。せっせと働くことを「足でかせぐ」という。へたばれば「足腰立たぬ」である。長い間の業績を讃える時には「〇〇年の足跡を残して」と表彰する。「歴史」ということを言い換えれば「人間の足跡」である。

それほど大切な足を、我々が今、目覚めて考えなければ、日本民族は救われない。

何度も書くようだが、日本の現場をみると金をもうかる為、出世をする為には「足を引っ張る」ことも「足をすくう」ことも平気である。同じ主張のもとに集っていても、分裂し、憎しみ合う結果になるのは、「足元がしっかりしていない」からである。

現代は、「足」が「悪（あし）」にすり変わってしまっている。「不足」の時代が「満足」の時代を遥かに通り過ぎてしまっている。我々の回りには不必要な商品が山のように積まれていて、「足の踏み場」もないのである。

この「足場」の悪さを、日本人一人一人が整理し、素足で歩けるような道を発見していくことが先決の問題である。「トヨアシハラ」が美しくならんことを祈って——

「道」ということ

「今の人達は歩かなくなった」

誰もが、よく耳にする言葉である。

そういえば、昔はよく歩いたものである。十キロ、二十キロの道は、苦にもならなかった。もっとも、私が中学校に入学した頃は、第二次大戦が始まったばかりの頃で、夜行軍などで一晩中歩かされていたから、足には想当の自信があった。

戦後になって、これまたよく歩いた。考えてみれば、私の青春は歩くことであった、とさえ云える。

恋と酒と文学に夢中になっていた時代は、歩きに歩いた時代でもあった。

恋をすれば必ず失恋したし、不思議にも恋した女性達は、宗像郡とか、筑紫郡とか、糸島郡に住んでいた。当時、私の家は福岡市内の西新町にあったので、当然、この女性達を送って行き帰りはいつも歩いて帰らなければならなかった。行きはよいよい、帰りは怖(こわ)い、である。それでも、しょうこりなく私は恋をし、送って行っては、失恋した。

酒もその頃憶えたが、酒場や屋台で呑むことはせず、歩きながらラッパ呑みするのが習慣であった。今は亡き詩友と二人で、当もなく夜の道を歩きながら、「歩くこと」をつまみとして、お互いにラッパ呑みしたものだ。酒は、その日の懐工合によって、ドブロクの一升瓶だったり、清酒だったり、ウイスキーだったりした。

私は、歩くことによって、喋り、考え、酒を呑み、恋をした。また、哭いたり、笑ったり、激怒したり……そうそう詩友と議論をした時はひどかった。女性論から始まり、詩論に至り、文学論へと発展していったのだが、いつの間にか私達は柳町（遊廓）の真ん中を歩いていて……それでも意見は対立するばかりか、お互いに殴り合わんばかりに激昂し大声でわめきながら柳町の中を二、三周したことがある。遊女もお客も啞然として私達を眺めていたのが、鮮やかに思い出される。

つまり、私の場合、青春は歩くことの中にあったのか、青春の中に歩くことがあったのか、どちらとも云えないが、歩くことによって私は求め育ってきたのである。

だが、今の私は歩かない。今の人達と同様に、歩かない。

私は、私の青春時代が、過ぎ去ってしまったとは思わない。それどころか私の現在は、青春のさかりであるとさえ信じきっている。では、何故歩かないのか。

私は歩かないのではない。歩けないのである。三十年前と同じように、歩きながら、考え、求め、恋をしたいのである。然し、私を歩かせてくれる「道」がないのである。

人の歩く「道」が、人の歩けない「道」になってしまってから、私は歩けなくなってしまった。これは、私にとっては一大事である。

歩けなくなって、歩かなくなったということは、私の思考も、私の感情も、動きを喪ったということに等しいからだ。

もともと「道」は、人が歩くために作ったものであろう。「道」の発生を学問的に知ることは難しいが、原始時代に人間は、水を求め、食糧を求め、棲家を探すために「道」を造ってきた筈である。

当時の「道」は、「けものみち」と変わりなく、自然の法則に従って細々と作られたであろう。自然に逆らえば、忽ち崖が崩れ、洪水が襲い、日照りが喉を灼いたであろう。

「道」は、人間の知恵の限りを盡くして、安全に、歩くやすく、探し求められ、拓かれていったに違いない。「道」は、だから人間の命綱であったろう。

やがて「道」は、いろんな方向へ拡がり、合流し、多くの人間達を交流させるようになった。人間達の交流ばかりでなく、食糧や道具などをも運ばせるようになった。

人間は「道」を歩くことによって、人と出合い、出合うことによって様々(さまざま)な知識を身につけ、生活を楽しむことを憶えていった。

さて、現代の「道」はどうであろう。細々と一本の「道」から始まった「道」は、今や目を見張るばかりの立派さである。

昔の人が見たら「これは道ではない」と思わず叫ぶに違いない。

ところが、その通り。現代の「道」は「道」ではないのである。「道」という云い方さえない。「道路」というのである。

泥んこ道、砂利道、凸凹道が、すっかり一様の舗装道路に変わってしまった。もう、どこを歩いても、靴底に砂利がまぎれこむことはない。どんな雨の日でも、ぬかるみに足をとられることはない。長靴も高下駄も不要の物となった。また、どんなに酔っ払っていても、自分から足がもつれない限り、けつまずくこともない。

そんな立派な「道」であるのに、人が歩けないのは何故だろう。否、人だけではない。犬や猫さえも、歩けないのである。

「道」が「道路」になって、人の歩く所は「歩道」「人道」と云わなければならなくなった。たまさかの日曜日に、ほんの僅かの距離が「歩行者天国」と呼ばれて、「道路」が「道」になる。それも数時間限りである。お向いさんへ行くのに、数十分を要する。「道」の時には、アッという間に行けたのに。

今の人は歩けなくなった。だから今の人は、求めることにも、考えることにも、情熱を燃やそうとはしなくなった。自分を悲しむことすらしようとはしない。

歩けないから、じっと寝ころんで、TVに見とれる。TVの画面が、背景のように流れる。それを見ていると、自分が歩いているような気持ちになる。

歩けないから車に乗る。車は走っていても本人は座ったままである。窓の外をTVと同じように風景が流れる。自分が動いているような気持になる。

今、「道路」が「道」を奪い、「道」が人間の心を奪っていることは疑いもないことだ。

——「通りゃんせ」ということ

通りゃんせ　通りゃんせ
ここはどこの　細道じゃ
天神さまの　細道じゃ
ちょっと通して　下しゃんせ
ご用のない者　通しゃせぬ
この子の七つの　お祝いに
お札を納めに　参ります
行きはよいよい　帰りは恐い
恐いながらも
通りゃんせ　通りゃんせ

皆さんよくご存知の童謡である。私と同じ年配の人なら、幼い頃この歌を歌いながら遊んだ記憶がある筈だ。勿論、私も近所の女の子達に引きずられてよく遊んだものである。その頃は歌詞などに気を使うより、女の子達の手を握ったり、肩に觸ったりするほうに夢中だったし、結構私のお気に入りの歌と遊びだった。

ところが、私が生意気にも自分で詩を作り始めた頃から、この歌に奇妙な疑いを抱くようになったのである。以来今日まで、疑いが晴れるどころか、ますます謎めいた気持は濃くなるばかりだし、それにもまして恐怖心さえ加わってきたのである。

ところで皆さん、私の疑惑と恐怖心を話す前に、この歌は果して童謡なのでしょうか？　もし、童謡であるとしたら、これ程残酷で恐ろしい童謡が他にあるでしょうか。

どうも私にとってこの歌は、童謡などと可愛気に呼べるシロモノではなく、いま流行の横溝正史的世界、つまり「祟りじゃア」と叫び出したくなる歌でしかない。子供の頃、見たり聞いたりした、あの地獄から聞えてくる鬼どもの不気味で然も陰湿な呪いのようでならない。

さて、この作詞を辿りながら考えてみると、最初の「通りゃんせ、通りゃんせ」は、明らかに一つの呼び込みである。私達が酔っ払って中洲を歩いていると、「ねえ、ちよつと寄ってらっしゃいよ」などと手招きされる、あの誘いである。或いは、デパートや商店街の、「さあいらっしゃい、いらっしゃい」的掛け声である。

そこでうっかり乗せられて入口を入ると、舞台はガラリと変って……「ここはどこの細道じゃ」と、キョロキョロしなければならなくなる。恐らく、暗くて細長い露路裏のような處で、ペンペン草が不気味に揺れている感じだ。と惑いと心細さがこの詞によく表われている。

「天神さまの細道じゃ」これはまた、なんとふてぶてしい云い方であろうか。「ええいこのぼんくらめ！天神さまの細道がわからんのか！」「下郎！頭が高い！」といつた響きである。「通りゃんせ、通りゃんせ」と呼び込んでおきながら、通行人を不安がらせ、次には、このでっかい口のききようである。

「ちょっと通して下しゃんせ」は、おどされてビビつてしまった小心者の、オドオドした態度ではないか。するとまたしても威嚇的に「ご用のない者通しやせぬ」である。ここでは完全に対等であった世界から、強者と弱者の世界に一変してしまっている。ちょっとした迷いと不安な気持を、逆手にとって凄んでみせるところなんざあ相当なワルである。

「この子の七つのお祝いに、お札を納めに参ります」は、借金取りに下手な云い訳をしているみたいなニュアンスではないか。どうも身につまされて、やるせない気分になる。

にもかかわらず「行きはよいよい帰りは恐い、恐いながらも通りゃんせ」である。「よろしい、お前がそんな云い訳までするんなら通してもやろう。だが、なめちゃいけねえよ、行きはどうにか通れても、帰りはどうなるかわからねえぜ。そこんとこ、よーく考えておきな。」という云い方である。どうも何か、奥歯に物のはさまった感じだ。とくに「帰りは恐い」という脅迫的な表現には、背すじが寒くなるほどの不気味さがこめられている。

以上が、私の解釈であるが、さて、皆さんは如何だろう。それでも矢張り、この歌は童謡なのであろうか。

大変申し訳ないことは、この歌に関する資料が皆目わからず、作詞者、作曲者、歌が作られた年代、その背景が不明であることだ。だが、それが仮りにあったとしても、この歌に対する私の解釈は変らないであろう。

そこでもう一度、最初からこの歌を見つめなおしてみませんか。全篇に漂う妖気の中にもう一つの影像が浮かびあがってきはしませんか。

ほら、ほら、この掛合いの言葉の中から、呼び込んでいるほうの鬼の顔付きが……誰かにそっくりではないでしょうかな。そしてまた、この歌が象徴している世界が……。

そう。その呼び込み鬼の顔付きは、政治家であり、教育家であり、医者であり、官公庁の役人であり、大企業の責任者であり、マスコミ関係の重役連であり、日本全土をゴキブリのように走り回っている無数の偽善者どもである。

甘い言葉で罠にかけ、罠にかかったが最後、凄んで脅して骨の随までしゃぶり取ろうとする手口は、チンピラやくざと全く同じである。特に最後の「帰りは恐い」というくだりは、「ワイロがあれば話は別だが」というやり方である。ロッキード事件が、あれ程関心を呼びながら、いつの間にかウヤムヤになってしまっているのも、実に不思議なことである。

偶然であろうが、この歌が福岡の中心、天神の横断歩道で一日中鳴りつづけているのも皮肉なことである。

この歌は、いろんな意味で、現代日本の腐らんした状況を、実に見事に表徴している。事なかれ主義の平和を操っている地獄の鬼どもの嘲笑か、挑戦か。兎に角、私はこの歌を耳にするたびに、日本滅亡のご詠歌のように思えてならない。

ほら、ほら、また鳴ってますよ。

――「雑」ということ

最近、私の心を強く惹きつけるやつがいる。そやつ、言葉と呼ぶより、思いといったほうがピッタリくる文字で、悪魔的魅力を字面全体に漲らせて、おいでおいでをするのである。私自身、癪にさわるが、そやつの誘惑をふりきることができず、日ごと夜ごと付き合わされている。

そやつの正体は、「雑」。マジル、マジワル、合フ、アツマル、ハサマル、オホシ、メグル、ウガツ、クダク、ゴマカシ、不純、マダラ、多数、という複雑な正体をひたかくしにかくしている「雑」。（講談社刊「大字典」）

①種々のもののいりまじること。純粋でないこと。②精密でないこと。粗野。という正体もある「雑」。（岩波書店刊「広辞苑」）

「やい、てめえの正体はこんなもんだぞ」と、面の皮をひんむいてやったがおっとどっこい、「冗談じゃありませんや旦那、あっしの正体は、そんなチャチなもんじゃありませんぜ」と反対に噛みつかれる始末。とに角、そういう具合にケツをまくられた以上、頭を掻きかき「雑」の正体に近付けるだけ近付く原稿を書かなければならない。

さて、私自身をよく考えてみれば、「雑な人間」である。そして、過去を振りかえってみれば、これまた人様にお喋りできるようなものではなく、「雑な生き方」でしかない。

まず、生まれからして「雑種」。勉強すれば「雑学」のみ。働けば「雑務」と「雑役」。忙しい、忙しいというけれど、どれもこれも「雑事」と「雑用」。物思いに耽ってはみるものの「雑念」だらけ。原稿を書けば「雑文」。酔っ払って歌えば「雑音」。お金となると「雑収入」と「雑費」だけ。部屋の中は「雑貨」と「雑器」が「雑然」というより「乱雑」に散らばっている。まことに私の人生は「雑駁」であり「粗雑」であり過ぎる。

しかし、である。私の人生「雑」だらけではあるが、「雑草」の如く、「雑兵」の如く、「雑魚」の如く、踏まれても蹴られてもヘコたれず生きてきたわけで、そのタフさと図太さは「雑な人間」であるが故に身につけ得たものであり、大いなる感謝をしている。

となると、「雑」というヤツがいきなり輝やきをまし、生きいきとしてくるから不思議である。なるほど、私たちは「雑」を知っているから「整理整頓」や「端正なるもの」「純粋なるもの」をよりよく知ることができるのである。「雑草」があるから花は美しいのである。「雑兵」のお蔭で大将が目立つのである。「雑な人間」が生きている限り、「マジメ人間」が際立って存在するのである。

そういう意味で更に考えると、「雑」は「悪」にそっくりである。「悪」がある故に「善」があり、「悪」がある故に「正義」があるのだから、「雑」と「悪」は、その魅力において、そのエネルギーにおいて、一卵性双生児であるに違いない。

エネルギーといったが、「雑」と「悪」のエネルギーはマイナスエネルギーである。常に人間の足を引っぱっている地球の引力と同じわけだ。そしてマイナスエネルギーが大きければ大きいほどプラスエネルギギーも大きくなる。つまり、否定と肯定の関係である。女を口説く時、原稿を書く時、借金をする時、否定の力が強力であるほど、人間はありとあらゆる知恵をしぼり、十倍も二十倍もの努力をつくし、考えられない程の放れ業をやってのけ、不可能を可能にするのである。

人間は、このマイナスエネルギーに出合って始めて、己れの限界を悟り、絶望を知り、悲しみを自覚し、虚しさをひしひしと実感する。これこそ、人間の真実である。誠実である。原点である。

「雑」の魅力は、まだある。種々雑多というほどだから、手をつけるほうもひどく混乱する。もともと私は「雑人間」だから、「整然」としたのが嫌いである。だから、文章にしても理路整然という具合にはいかない。人生も、この道ひとすじではない。どうも「整然」というもの、「純粋」というもの、見通しがよすぎて面白くない。不愉快ですらある。

その点、「雑」には安心感がある。親近感がある。ひどく油断ができるのである。キチンとした鞄より、手あたり次第にほうり込める「雑のう」。キチンとしたノートより、まとまりなくメモできる「雑記帳」。桜並木より「雑木林」。会席料理より「雑炊」。森閑とした書斎より「雑沓」の中。それらのほうがなんと楽しく、なんと落着くことか。

大演説より「雑談」——たとえば、私は君子なのであります。なぜなら、豹変するからであります、とか。好言令色、鮮矣仁は、巧言令色が鮮(すく)ないから仁であるということではなく、仁が鮮ないのは好言令色が鮮いからである、というのが本来の意味ではないか。つまり、鮮ないという字は(意味は)、好言令色にも、仁にも同じようにかかっているからである。「好言令色であれ」といった太宰治は、だから正しい。などなど、「雑談」の楽しみはキリがない。

さて、「雑」の正体であるが、書いても書いても一向に摑めない。広がったり、伸びたり、尻尾を出したかと思うと頭であったり、まさに複雑怪奇である。だが、確信をもっていえることは、「雑」は「鈍」よりも、エネルギー、スケールが大きいということ。「純」より真実であるということ。それは、「雑文」や「雑談」のなかに、キラリキラリと光り輝く言葉をみれば納得できるであろう。「雑」は、矛盾と柔軟性のなかにいつも素顔の思想を秘めているものだ。

「整理学」などという下らぬ学があるが、「雑念」や「雑感」を整理してしまったら、人間も思想も干からびて死んでしまう。コンピューターを見るがいい。人間の思考にとってあれほどバカなシロモノはない。人間の発想が墜落したのは整理の故だ。人間なら「雑に生き雑に死ぬ」誇りを持つべきだ。雑言ご免。

――「文化」ということ

朝食、西鉄二日市駅で「丸天そば」と「稲荷ずし」一皿、二百八十円。昼食、渕上デパートで買った「かしわ弁当」、二百五十円。夕食、なし。その代りに「水割り」をしたたかに呑む。

これは十一月三日、「文化の日」に於る私の一日の食事と出費である。当日、私は珍らしく二日酔でなく正常な状態にあったわけで、こんな食事をしなくてもよい筈なのに、どういう訳か〆て五百三十円也の結果となってしまったのである。

「文化国家」に育って、然も年に一度しかやってこない。「文化の日」に、こんな破目になったのは、家族全員が揃いも揃って討死よろしく昼頃まで寝ていたからである。私も実は一日中寝ていたかったのだが、「珈琲亭ぼんくら」を休むわけにはいかず、おまけに折角の「ぼんくら文化」を普及しているのに「文化の日」をないがしろにすることはできないため、店を開けたのである。

ところが、店は開けたものの、主人の意向に反してお客さんの入りはさっぱりで、一人ぶつぶつぼやきながら大事な半日を（日曜、祭日は昼の十二時から夕方の七時まで）過してしまったが、果して「文化」とは何であろうか、という疑問だけがしつこく私の思いを乱した。

戦争放棄以来、日本は一変して「文化国家」となった。世界に対してもはっきりそう宣言した。と同時に、日本国中に「文化」が氾濫した。「文化国家」だから、それは至極当然のことに違いないが、なんでもかんでもが「文化」だらけでは一向に面白くもない。

傑作なのをあげてみると「文化人」という人種が現われたこと。「文化風呂」「文化鍋」「文化便器」「文化ベッド」「文化包丁」、「文化住宅」などなどの製品や商品が出現したこと。「文化放送」「文化出版」「文化講演」などなどが華々しく登場したことであろう。

然し、よくよく考えてみると、何が「文化」なのか、さっぱり分らないのである。「文化」と云っていれば、気分的には如何にも高級めいてくるが、包丁や便器や住宅のなにが「文化」なのか。番組や出版や講演のどこが「文化」なのであるか。最も馬鹿〳〵しいのは「文化人」の「文化人」たる正体は何であるのか。

ちょっとハイカラで、便利であることが「文化」なのであろうか。気がきいていて、スマートで、物珍らしければ「文化」なのであろうか。車を持ち、ピアノを飾り、ゴルフをやり、パイプを咥え、ブランデーを呑んでいれば、それが「文化人」であり「文化生活」というのであろうか。

私の「文化」に対する思いは、ますます乱れるばかりである。「文化勲章」「文化団体」「文化大革命」「文化斗争」「文化哲学」「文化人類学」「文化社会学」「文化村」どうでも勝手にしろ！と怒鳴りたくなる。だが、まあまあ気を鎮めて……冷静に考えてみることにしよう。それには先づ一服、そして先づ一杯。

さて、落着いたところで、私にとっての「文化」とは何であるか。正体不明の化物的「文化」ではなく、実体のある「文化」とは何か、について思いを巡らしてみよう。

「文化の日」の私の行動、私の思いから糸口を解きほぐしてみると、一日の食費が五百三十円で済んだということだ。然も私は、決して飢えを感じなかったし、「丸天そば」や「かしわ弁当」が不味いとも思わなかったのだ。猶且つ、「丸天そば」をすすりながら、ステーキを食いたい、ふぐ料理が欲しいなどとは断じて思わなかったのである。とすれば、これこそ私の正真正銘の「文化生活」ではないか。

次に、その日は新聞を読まなかったし、テレビも見なかったし、誰に電話も掛けなかったし、手紙も書かなかったのである。

つまり、ひと言で云ってみれば、朝から何もしなかったのである。実にぼんやりと、実に伸び伸びと過したのである。お蔭で、イライラもなく、怒りもなく、すがすがしい気分であった。これも亦、私にとって正真正銘の「文化生活」であったと云える。

それから、またまた、夜の閉店に至ってから、「水割り」をしたたかに呑んだのである。勿論、その日に限ってお客さんは少なかったし、大酒呑みの友人達も来なかったので、一人で呑んだが、楽しく酔えたのである。このウイスキーは、お客さんから差し入れで貰ったものであるから、一銭のお金も使わずに思い切り呑めるのである。（私がよく呑むのでお客さんから有難い程のウイスキーの差し入れが届く。この誌上を借りてお礼を申し上げておくと同時に、今後もよろしくお願い致します。）おつまみも不用、喋らず、色気もなく、一人で呑む楽しみを十二分に味わったわけで、これも正真正銘の「文化生活」であった。

そこで、私にとっての「文化」とは、「飢えないこと」「お金をできるだけ使わないこと」「新聞、テレビを見ないこと」「手紙や原稿を書かないこと」「電話を掛けないこと」「腹を立てないこと」「頂戴したウイスキーをしたたかに呑むこと」である。

そういえば、私が会社を辞めた理由の一つは、「ネクタイをしたくない」「背広を着たくない」「時計を持ちたくない」ということであった。とすれば、これも亦私にとっての「文化生活」であり「文化」である。

私は今、「借金」と「色気不足」を除けば申し分なく優雅な生活を送っている。ネクタイや背広がないから、何処へ行こうが誰と逢おうが気にしない。時計を持たないから変な約束もしないし、朝昼構わずに酒が呑める。喋りたくなければ喋らず、歌いたければ歌う。

結局、私にとっての「文化」とは、「文化国家」で「文化」と称されている「文化」から遠去かることである。

——「遊び」ということ

四十五才を通り過ぎて、新しき年を迎えるということは、一休禅師ではないが、目出度さより、悲しさ、侘しさの実感が強くて、切ない気分である。

計算嫌い、そして計算下手な私でも、元旦の計を考える時に限って、計算ばかりをしてみたくなる。

その計算によると、二十代はカケ算であり、三十代はタシ算、四十代はワリ算、五十代以降はヒキ算となる。

つまり、二十代は青春の真只中であり、駈け足、勇み足の多き時代、人生に心急かれる時代である。

三十代のタシ算は、駈け足から多少歩速もゆるみ、人生に欲を覚える時代といえよう。車を買い、妻を娶り、家を求め、子供をつくる……など、意欲満々、充足に向う喜びがある。

四十代になると、歩速はグッと鈍くなり、先の見通しより、過去の想い出が身近かに感じられ、さてさてと振り返ると、あれもこれも己れの希望とはウラハラの現実ばかりが目につき鼻につき、「ああ俺はバカだった。四十年何の為に生きてきたのか。今まで俺がやってきたことは全て、ワリの合わないことばかりだった」と、身につまされる時代である。今年四十代の人よ、考えてごらんなさい。貴君が買った車、娶った妻、求めた家、つくった子供たち……どうです、なにもかもワリの合わない、そして、ワリきれないことばかりではないですかな？ワリ引いてくれ、などと云ったって、もう遅過ぎるのです。

五十代以降ときたら、もう足元もよろよろ、これがかって駈け足をした足であろうかと、目を見張りたくなるほどの態たらく。ただ、あちこちの陽だまりを見つけては、背中をまるめ、「ああ、あと何年生きれるかナ。あいつも死んだし、あいつも……」あとは、大きな溜息ばかり。かさかさの指を折っては、人生のヒキ算ばかりを繰り返すだけ。なんとか死神とカケヒキしたいが、などと哀れなこと夥しい。

さて、これではイカンと、大いに張切ってみせたのが、次の歌であります。

遊びをせんとや生れけん
たはむれせんとや生れけん
遊ぶ子供の声きけば
吾が身をぞこそゆるがるれ

有名な梁塵秘抄の白拍子の歌であります。これだ、これでいこう。今年から死ぬるまで、この覚悟でいくぞ、というのが私の今年の計算である。

世界人類をアッと驚かせたのが「ゼロ」の発見であった。とすれば、遊びにゼロの発見をすることこそ、数人の人達に勇気を与えることができはしないか。それが「ぼんくら」の、生涯に於ける唯一の計算法となるのではなかろうか。

「日本語としての遊びは、元来魂をゆさぶる意味であった」(「遊びの文化史」和歌森太郎)待ってました。そうこなくっちゃいけない。神の魂をゆさぶり、己の魂をゆさぶり、あとは神も人も一心同体、大いに酒を呑み、大いに歌い、どんちゃん騒ぎをやることだ。

奈良時代前後の律令制のなかでも、「遊部」という、魂をゆさぶる役目のものがいたというではないか。遊びに目的はない。遊びに企みはない。遊びは透明でなければならない。ただひたすらに魂をゆさぶることによって、遊び呆けること。これこそ遊びの極意ではないか。遊びが「ゼロ」として確立する由縁ではなかろうか。

日本人は遊びが下手糞である。遊びは浪費、遊びは不道徳という思想がしみつき過ぎている。働くことは善であり、遊ぶことは悪であるとか、勉強もしないで遊ぶのは不真面目であるなどとは、チャンチャラおかしい考え方である。

「遊びたいけど遊べない」と、よく人は云う。が、そんなバカゲタ話はない。遊びたければ遊ぶがいいし、遊べる筈である。遊びたいけど、という前提のなかには、大変不純な心が淀んでいる。透明であるべき遊びを、いつも歪んだもの、不透明なものにしているのは、遊びたいけど、という前置きである。

遊びたいけど、の心理を追求してみると、こんな答えしか返ってこないから反吐が出そうになる。曰く「あんないい歳をして」「世間態が悪い」「明日の仕事に差支える」「出世できない」「子供から馬鹿にされる」「友達、親兄弟、親戚から軽蔑される」「女房から叱られる」「結婚できない」などなど、である。

では、この人達は何の為に生きているのか。まさか「歳」の為、「世間態」の為、「子供」「女房」の為ではなかろう。「子供」「女房」の為、というのは尤なように聞こえるけど、とんでもないことだ。一生の間、片時も離れず盡される身になってごらん、気が狂ってしまう。

「子供」には子供、「女房」には女房の生が（誰にも侵されることのない生）あるのだ。「子供」「女房」の為に生きているなどというのは、人権蹂躙も甚しい。

遊びたければ、遊ぶがいいのだ。どうせ滅びていく生命ではないか。

「されば、人、死を憎まば、生を愛すべし。存命の喜び、日々に楽しまざらんや。（中略）人皆生を楽しまざるは、死を恐れざる故なり。死を恐れざるにはあらず、死の近き事を忘るるなり」

徒然草第九十三段である。どうです。死を目の前に据えて大らかに遊ぶという、人間最上の喜び。これこそ、人間に与えられた無上の栄光ではないか。

遊びに方法論はない。遊びに形式論もない。遊びにケチはない。遊びに不毛はない。若しそれらがあるとすれば、遊びが悪いのではなく、遊ぶ人間が悪いのである。

せめて滅びる時、「俺の一生は楽し過ぎたなァ」位の言葉を吐いて燃えつきたいものである。

――「飲酒」ということ

近頃、不景気、不景気と、どこを眺めても鬱陶しい。そのあおりを食った故でもあるまいが、年男というのに自動車事故を起して、十日間入院してしまった。事故の原因は私自身の不注意によるもので、全く以って赤面の至りである。埼玉の小野派一刀流の大先達から、喜楽流免許皆伝を貰っていたのだが、この事故の為、不覚流と流派を格下げされてしまった。今年はどうも、当り年であるらしい。いい気になって酒を呑むものではないことを十二分に反省した。「過テバ則チ改ムルニ憚ルコト勿レ」である。

振り返ってみると、この三年半、一滴も酒を呑まなかったという日は、極く僅かで合計してみても約一ヵ月位であろう。つまり、千二百七十七日のうちの約三十日位が呑まなかった日となる。

私の店が、丁度中洲の裏口あたりに存在していることも大きな理由となるが、何といっても私自身が呑ん兵衛であることのほうが比重が大きい。一滴でも酒が体内に入ると忽ち「酒ヲ見テセザルハ勇ナキナリ」といった気分になる。酒量からいっても、ウイスキーのボトル半分が一回分の量となるから始末が悪い。因みに計算してみると、千二百四十七日間で、ボトル六百二十三本呑みあげたことになる。それでも調子が良い時には軽く一本は空にするし、どうかすると二本近い時もあるので、約七百本位は空瓶を並べたことになるだろう。

呑み終るのも、早い時で午前一時か二時。気力充実、酩酊無極となれば、午前四時、五時、遂には七時頃までとなるから、自分でもあきれる外はない。

以上が私の呑みざまで、毎日続くから女房に愛想つかされ、別れ話も数えきれないほどに聞かされるのも至極当然のことである。

私がいくら「ぼんくら」でも、家を放逐されるとなると、いろいろ不都合、不自由なことが起るので、猛反省を試みるわけだが、どうもウマくいかない。例えウマくいっても一日か二日で、無精に酒が恋しくなる。夕方になると首の坐り工合が落着かなくなり、酒屋や酒瓶の方へキョロキョロ回転し始める。

断っておくが、私は決してアル中ではない。その証拠に、手も震えず、昼間は殆んど呑まない。もう十年も続けば、そこまで断言はできないであろうが、現在、そして近い将来までは大丈夫である。家内がいうように「イヤシイ」のである。生まれも、育ちも、呑み意地も、人より僅かばかり「イヤシイ」のだ。

さて、私の身体の工合はどうかというと、作りそのものは頑丈ではない。骨も細く、体重も軽く、肉付きも殆んどない。ところが、気合だけは充分で、小学校、中学校、海軍甲種飛行予科練習生（略して予科練）時代と、殴られるだけ殴られてきたが、決してヘタばらなかった。また、戦後のヤミ酒やエチルアルコールまでも呑んだが、目も潰れなかったし、死にもしなかった。

胃や肝臓も人並以上ではないが強いらしく、現在に至るまで頗る健在である。となると、私は気合で生き、気合で呑んでいるらしい。予科練で負傷して以来（当時十六才）、スポーツや運動は一切できなくなっているので、別に鍛え上げられた身体ではないのだが、病気らしいものはしたことがない。但し、白髪と歯と眼だけは齢の故で、気合ではどうにもならないようだから、あっさり告白しておく。

さてさて、家内を始め、親戚一同は酒を悪くいう。また、お利口さんの友人、先輩達も酒を批判する。然し私は、決してそうは思わないのである。「酒は悪い。従って悪い酒を呑むお前は悪い」私はこのような論理と思考には大反対である。酒は決して悪くないのである。若し呑んだ私が悪いのであれば、酒ではなくて私自身、つまり人間が悪いのである。悪さを酒の責任にすり換えてしまう人々の無神経で無責任さは許し難い。あくまで酒は酒、人間は人間としての存在理由も存在価値もあるのであって、酒は人間を越えていいのである。逆にいえば、人間は酒以下の悪い奴で、常に醜悪、常に卑怯ではないか。一度だって、酒のように堂々と存在したことがあるだろうか。

次に、酒が呑めるということは、慶賀の至りとするべきであろう。だから私は、酒を私の肉体と精神の、健康のバロメーターと信じ込んでいる。気分良く呑める日は、心身共に健康な証拠である。現代医学のタイコモチ的医者の診断より、遥かにすぐれているのが酒診断であると、声を大にしたい。「胃の調子が悪い」「肝臓が少しおかしい」といえば、「ハイ注射」「ハイ薬」というしか能のない医者が充満している現代、酒以外の何が信頼できる健康診断といえるであろうか。

酒が呑めない日、酒を呑みたくない日、その日こそ、内臓に注意信号がでている日だ。それがない限り、酒を呑み続けても平気なのである。「病は気から」である。昔の達人は身を以って真実を教えてくれる。教育、医学に最も欠けているのが「気」である。だから教育も医学も病いを患っているではないか。

私は、「酒を呑みたくない」と思った時こそ私のすべてが破滅する時だと覚悟している。それ故に、その時が来るまで酒を呑み続けるのである。酒に対する私の真実である。

事故を起して入院した十日間、本当に酒が欲しくなかった。欲しいとも思わなかった。恥しながら私は内心、「これでぼんくらも、ぼんくら談義も終りか」とつぶやいたものである。だが、悪運強く、退院後呑み始めることができ、酒の味も上々である。今のところ連日呑んでいるが別状はない。但し、残念ながら量が減った。淋しい思いである。

不景気、不景気と、意気上らない日本の現状を思い悩んでいたら、とうとうこんな原稿になってしまった。自分のことに即し過ぎて気が咎めるが、悪しからずお許しの程を。多少とも気が晴れれば、幸甚である。

●最終回●

——「ぼんくら村」ということ

いま、福岡市は断水でてんやわんやである。雨が降らなければ水がない、なんてこと自体がおかしなことで、これだけ科学が発達しているのに、なんとも侘しい話である。

私のビルは、ちょっと高目の土地に建っているだけで、五月の三十日から一滴の水もでない。もちろん、悪しざまにいわれている他のビル同様、貯水タンクはあるのだが、水圧が低いため、水がタンクまで流れてこないのである。百三十三世帯と、三十店舗が、毎日給水車待ちで神経を焦立たせている。

人間というものは悲しいもので、痛い目に逢わないと、本当の痛さがわからない。そういう意味でこの水飢饉は有難いものである。それぞれの人が、いろんなことを考え、いろんな反省をするからだ。給水車に行列する人たちは、社長の肩書きを捨て、先生の肩書きを捨て、久し振りにタダの人間に戻るのだ。医者も課長も市長も県会議員も、警官も盗人も貰い水の前では「ひとりの人間」に過ぎない。

誰を恨むこともできない、ということが一番素晴らしい。まさに、美しき天罰である。水飢饉だけでは済まない日が、再び来るであろう。電力飢饉、そして空気飢饉、近い将来襲ってくることも、この際あわせて考えておいたほうがいい。そして、その状態のなかでの政治のあり方、教育のし方、労組の考え方などなど、じっくり研究しておくがいい。

序に書いておくが、現代日本を不毛の国としている三悪は、「医者」と「教育者」と「役人」である。胸に手をあてるまでもなく、明白な事実であろう。この三悪を滅ぼさない限り日本は救われない。

そこで、私が本気で考えているのは「ぼんくら村」である。三悪を一歩も近寄せない村づくりである。

檀一雄さんが東京を引揚げて能古島に来られた時、「能古島を買って、日本に独立宣言をしよう」と本気で仰言ったが、その実現を待たずして世を去られたのは、本当に残念である。

「ぼんくら村」の構想は、その時から始まったわけだが、急かず、あせらず、をモットーに、徐々に練り続けているが、この誌上を借りてその一端を報告しておきたい。というのも、この村づくりは私一人では出来っこないし、私の趣旨に賛成の人たちの、知恵と力を是非とも借りたいからである。

「ぼんくら村」の基本理念は、「文化果つる村」ということである。万葉の時代にまで遡りたいのである。

「ぼんくら村」は、だから、電気もガスも水道もない。ガソリンも車も背広もない。マッチすらないのである。その代わり、湧き水、美しい空気、輝やく太陽はふんだんにある。そう、時間もない。曜日もない。村人は、朝日と共に起き、夕陽と共に寝るのである。ただし、眠れない人のためには、村特製のお酒を限りなく用意して酒盛りを開く。夜ごと大焚火を囲んでの大饗宴である。

「ぼんくら村」は、裸ではないが、裸足である。現代人が忘れ果てている土の温もりを、心ゆくまで素足で味わってもらいたい。

村の真中には、百人ぐらいは入れる大共同風呂を置く。もちろん、男女混浴である。月を眺め、満天の星をふり仰いで汗を流すのである。

「ぼんくら村」は、村びと全員の村であるから、米作りから、味噌、醤油、砂糖、塩、薪（たきぎ）に至るまで、すべて必要なものは全員で働いて貰わねばならない。

かなり大雑把な村の表情を書いたが、大問題は「何処に村を作るか」である。私が大金持であれば、何万坪でも買えるが、中洲の借金も払えず逃げ回っている現状だから、この肝心なところで、すぐつまずいてしまう。

坪当り百円から五百円まで、と思ってかなり探してみたが、そんな処はあるはずもなく（もっとも北海道には坪八十円というのがあったが、問合せたところ人間の住めない湿地帯でガッカリした）現在では買うことをあきらめ、借りること、あるいはタダで貰うことを考えている。場所は、矢張り九州であり、福岡県に近いところが理想である。

次の大問題は、（仮りに土地を貰えたとして）村づくりの費用をどうするかということと、（仮りに費用を篤志家から頂戴したとして）村の経営をどうするかということだ。

村づくりの費用は、全国の人々に訴えて募金をおこなえば何とかなりそうだが、必要経費については算術下手な私にとってどうにもならない。村びと全員で食糧作りをするからいいではないか、とはいうものの、村を存続させるための費用がゼロというわけにもいかないだろう。そこで、多少とも生産性のあることを考え、陶器作り、盆栽作り、などをおこなって捻出するつもりである。

この実務的なことについては、それこそたくさんの人たちの意見と知恵が欲しい。土地についても、離村の処とか、山とか、島とか、あらゆる情報が欲しい。これを読まれた方からの、ご返事を心待ちにしています。

私は先日、脱サラしてからという話を依頼されて下らぬお喋り（ぼんくら談義）をしたが、その時、私が一番いいたかったことは、『私はいま、広大無辺なる宇宙を相手に生きています。従って、私にはきのうも明日もありません。あるのは唯ひとつ《きょう》だけです。私は、永遠の《きょう》のなかで漂い、生きています』ということだった。

「ぼんくら村」は「文化果つる村」であると同時に、「永遠のきょうである村」であって欲しいと願っている。人間の生き身が、その時、その瞬間を全身で生きることであって欲しい。死ぬまで、「永遠のきょう」のなかで、己自身を愛し、信じたい。

さて、「ぼんくら談義」も、この稿をもって一応終りたいと思います。長い間お付合いしていただいた方々に厚くお礼を申しあげます。どうかお元気で自分自身を大切にされますよう、心から祈っております。

合掌。

現代キツネ考

霰散る鬼の捨子の破れ蓑

暗い年である。厭な年である。

今年、正月元旦の句である。鬼の捨子とはミノムシのことだが、今の日本列島は、なんと破れ蓑をまとったミノムシそっくりであることか。寒々しい句であるが、朝寝、朝風呂の気分になれなかった正月への恨み、敢てご披露しておく。「国の将に亡びんとするや、必ず制多し」とは、「左伝」の一節であるが、制を税と置き換えてみれば、不愉快極まりない現代日本と、これまたそっくりである。

不況に加えての一方的な増税、一方的な値上げ、もっての外である。無礼である。「ぼんくら主人」として、黙っておくわけにはいかぬ。早速、増税には「脱税」、値上げには「偽造」と「密造」で、知恵ある限り、断固として悪政と戦わねばならぬ。

先進国日本などと誇らし気に云っているが、内容は全くお粗末、貧相である。世界の国はどこでも、「国貧しく民豊か」なのだ。日本のように「国豊かで民貧し」ではないのだ。

ああ、民貧しければ、呑めないのである。心おきなく酔えないのである。旨いものも、勿論食べられないのである。

そう云えば、ここ数年、寿司を食ってない。ふぐ料理も、ステーキも、天ぷらも……好物は人に負けないほどあるのだが、食った記憶となると、遙か彼方へと消え失せてしまっている。

どうもおかしいのである。なにかが、どこかで狂っているのである。かっては、貧しかったが食べたし、呑めた。人にご馳走することだってできた。貧しくとも楽しかった。板前さんも、コックさんも、屋台のオカミさんも、バーテンさんも、みんな友達になれたし、仲良しだった。なのに、今は、何もないし、誰もいない。

小さい頃、キツネにバカされた話を何度も聞かされたが、全くそれと同じ状態である。お酒や、旨いものが、ふっと、木の葉や馬糞になってしまった、という感じである。

どうもただごとではない。やっぱり、うまうまと騙されているのだ。現代日本にキツネはいる。絶対にいるのである。これ以上、バカにされてなるものか。必ず、その尻尾を摑まえ、化の皮も剝ぎ、その正体を白日のもとにさらしてみせねばならない。

稼いでも稼いでも借金、稼いでも稼いでも借金、と繰り返していたら、キツネが尻尾を出してきた。それ……

キツネの正体見たり。捕えてみれば、その正体は、『時価』であった。

なるほど、そういえば、今の日本に『定価』が見当らぬ。『定価』という定かなものがどこにもない。『時価』だらけの日本。『定価』を持たない日本人。なるほど。男も女も、子供も老人も、青年も中年も、花嫁も花婿も、政治も教育も、文学も医学も、科学も化学も、すべてが『時価』で計算され、表現され、評価されているのか。

道理で、呑みたくとも呑めず、食いたくとも食えず……である。うっかり店にでも入ろうなら、ビール一本が四千円、水割一杯が三千円。寿司なら、一人前が一万円とも一万五千円ともなる。「あのオ？」などと質問めいた発言をしようものなら、「ナニオッ！」と凄まれるからコワイ。「ああ、時価だからナ」と貧しき民は涙をのまなければならない。スナックと歯医者だけは、地獄よりコワイのである。

さて、『定価』であるが、なんと、懐しい文字であろうか。改めて惚れ惚れとする。いく分古風で、律儀であるが、決して人間を裏切ったことがなく、出合うたびに礼儀正しかった。ひと度人間が裏切って、値切ったりしようものなら、毅然として己れの本分をまげず、人間を厳しく叱る勇気を持っていた。

それなのに、いつの間にかこの世から消えてしまった。いや、消されたのであろう。そういえば、『定価』が消された直後、まことにうまく、「正価」という奴が表われた。奴、『定価』にそっくりであるが、その性格たるや正反対、陰険で無礼、残忍で卑猥である。

こ奴、「正価」の演出のおかげで貧しき民は、「価格」の裏街道をウロウロ、二足のワラジならぬ「二重価格」に騙され、「奉仕価格」にどやされ、「原価」や「現金正価」にこずきまわれ、ハッと気付けば稼いだ金は手元になし、なのである。

ただ、書籍だけは最後まで『定価』を守り続けていたが、これも所詮は裏切者、奥付を見ても『定価』を見つけることができなくなった。探して探して、オビに書いてあることがわかった。値上げの時は、オビを変えるだけ、という知恵である。が、それも経費がかかり過ぎるのであろう、「価」としてみたり、

「予価」としてみたり、『定価』を消すのに汗だくである。馬鹿げたことだ。日本人の知能が甚だしく低下しているから、現代キツネの悪知恵がすぐれてくるわけで、もう、どうしようもない。救いがないのである。

『価値』だらけの日本には、男の値打ちも、女の値打ちも、もうない。素晴らしかった芸術もない。すべてが、成り行き次第である。他人の顔色を見て、どうゴマ化すかだけである。売る方も買う方も、『定価』のないまま、まことに奇っ怪千万なことである。

『定価』がなくなった途端に増えたのが、得体の知れぬ評論家どもである。己れの評価をすることができないから、云いたい放題、無知無能をさらけ出して平気である。現代キツネから見れば、チャンチャラお可笑しな、「時価野郎」である。

「モシモシ、定価ですって！ご冗談でしょう。いまごろ……定かでないのが低下ですよ！」と現代キツネの声が聞こえてくる。

世の中が、こうも不景気になってくると、ぼんくら主人でさえ商売の神様に手を合わせたくなるものでございます。

ところが、である。いざ手を合わせようと思った途端、どの神様が商売の神様なのか、さっぱり不明なのである。五十年の常識と見当でいけば、七福神の「恵比須」と「大黒」が最も応わしい。が、確信はないので、一応調べてから手を合わせることにする。

おお、なんてこった！どちらも商売の神様ではない。辛うじて「恵比須」は商家の福の神と書いてあったが、「大黒」となると、男どころか女のことであり、それも坊主の女房、寺のめしたき女、私妾のこととなっていて、まるで、もう、滅茶苦茶なのだ。常識外れ、見当違いも甚だしい限りである。

となると、後の頼みは稲荷大明神、またしてもキツネ登場である。然し、このキツネも実は正体不明であって、決して商売の神様ではないのだが、時代劇では商売繁盛の神様として登場してくるから妙なのである。然も、正義も悪徳も関係ない。銭形平次の神棚にも、バクチ打ちの神棚にも、女郎屋の神棚にもちゃんと祀られている。いやいや、それどころかこの二〇世紀後半になっても、デパートや放送局、悪徳商社には必ずといっていいほど恭しく鎮座ましているのである。

超近代と非近代との組み合わせ。つまり、人間とキツネの組み合わせは、どこでどうなっているのか。

キツネが人間を化しているのか、人間がキツネを化しているのか。ただ、私にわかることは、人間が人間を化しているということ。そのためにキツネを化かしの名人に仕立てあげ、稲荷大明神などというトレードマークを与え、神棚に飾り祀っては、「どうぞうまく騙せますように」とか、「どうか騙されないように」とか、都合のいいことばかりを願っているということだ。

キツネが神様となり、人間がキツネ以上の化かし手となる。どうも現代は、すべてがアベコベになっていて、然もそれが実に堂々とまかり通っているから恐ろしいのである。

影武者という存在がある。黒澤明の映画で脚光を浴びたが、昔も今もこの影武者君達は到るところで活躍ではなく暗躍しているが、この存在のあり方も現代では大きく変わっている。

昔の影武者は、ホンモノそっくりのニセモノなのであった。だから、ホンモノより質が悪く、下品であり、知能指数も劣っていた。というより、すべてに於てニセモノは、ホンモノより一歩後退した存在でなければならなかった。ニセモノはできても、ホンモノに接近するだけ、決してホンモノを追い越すことはできなかった。そこに影武者の悲しみがあり、ホンモノに対する節度と、礼儀があったわけだ。

ニセモノはどこまでいってもニセモノという宿命に支えられていた時代のニセモノには、愛嬌があった。年増の女郎のような哀れさがある。ピエロ風の滑稽さがある。そしてどことなくおっとりした安心感があった。

ところが、戦後から日本人の変わりように従って、このニセモノの礼節がガラリと変わったのである。ニセモノがホンモノの座に迫り、ホンモノがオロオロする時代になったのである。或は、ニセモノがホンモノを強迫し、ホンモノを追い落してしまっている例も多い。赤城の山を降りて行く国定忠次のようなホンモノの悲劇が、日本の到る処で、毎日くり返されている現状である。

影武者のほうがホンモノより頭がよく、弁舌爽やか、容姿も端麗、腕っぷしも強く、金儲けも抜群、なのである。ニセモノは騙していてもどこかで騙されていたりして可笑(おか)しかったが、現代のニセモノは決して騙されはしないエリート揃いなのである。

ホンモノを追い出した。ハードな影武者、つまりニセモノ達でいっぱいの現代。政治が乱れ、教育が亡び、人心が荒廃するのは已むを得ない、のであろうか。

ホンモノ諸君よ。影武者が、ニセモノが、君達以上に優れていていいものだろうか。君達を冷たい目で見、君達を嘲笑しているのを黙って許していいのだろか。汚職政治家、悪徳医者、悪辣商社、悪妻（なぜか登場）達が、口惜しかったらオレ様以上の器量になってはどうだ、とうそぶいているのを横目で見るだけでいいのだろうか。

TVで、「そっくりさん」とか「モノ真似」「声帯模写」「形態模写」「似顔絵」などの番組は、ニセモノのホンモノに対する恥じらいがあるから面白いが、ビニールが皮より皮らしく、合成酒が酒より酒らしく、アマチュアがプロよりプロらしく、処女がアバズレよりアバズレらしく、男が女より女らしくなっては、もう、どうにも我慢ならぬのである。

では、ホンモノとは何か。誰にとって、ナニがホンモノなのであるか。何を基準にしてホンモノ、ニセモノとするのか。となると、防衛問題や、国家問題を論ずるよりむずかしい。が、考え方のベースはである。つまり、ホンモノがあるからニセモノが存在できる、ということ。ホンモノ、ニセモノの判断基準は、常に自分自身にしかない、ということである。自分にとってホンモノであれば、たとえそれがニセモノであってもクヤムことはない。騙されても本望である。なのに、騙されたといってはすぐに、他人の故にする日本人が増えているから甚だ迷惑である。己れの正義も持たずにニセモノ呼ばわりをするペテン師どもがはびこり過ぎるから、世も末である。

我が家のガキ共は、ホンモノの刺し身を臭いがするからといって嫌う。ホンモノの牛肉より冷凍肉を旨い、旨いと言う。正月のモチツキの話をしても、これが本物のモチツキだといって、電気釜の化ヶ物を得意気に示す工合だ。こうなれば私でも、本妻よりインスタント妻のほうが……と言いたいが、滅びゆくホンモノのために頑張らなければならぬ。

〔追記〕この稿を書き終った余端、ＮＨＫで人間以上に働くロボットの紹介があった。

──現代医学考

天不容偽。（天は偽を容れず）　蘇東坡

義父が死んだ。行年七十八歳。長い間、喘息で苦しんだが、死ぬまでの半年間に脳内出血三回、ついで脳血栓、危篤も九回を数えた程の壮絶な斗いであった。

私はその都度、義父の生命力の激しさに驚ろき、人間の死にざまと生きざまの最後の出合の凄まじさに、深い感動を憶えた。

やがて四十九日を迎えるが、今、振り返ってみると、義父の、あの激烈を極めた斗いのなかに二重の意味がこめられていた、ということに気付いたのである。その一つは「自己の死」との斗い、もう一つは「人間の死」との斗いである。

小柄で真面目な義父は三年前、呼吸器専門の市立病院に入院し、医者と現代医療を信じ切ったばかりに、骨も血管も肉体もボロボロにしてしまった。二度目は総合病院に入院したが、死ぬまでの二ヵ月間、鼻、口から管をさし込まれ、ボロボロの血管にムリヤリ点滴針を刺され、薄い意識のなかで死と斗っていた。八回目の危篤では、何度も呼吸が止まった。人工呼吸、輸血、酸素吸入、その繰り返しで義父の呼吸は心電図のモニターに波模様を映しだした。が、私達はもう覚悟していた。義父の呼吸も、心臓の

鼓動も自分のものではなく人工による器械のものだったからである。

それから一週間、九回目の危篤、前回と同じ治療が繰り返され、夜明けに永眠した。まさに「死斗」そのものであった。医者も看護婦も全力を盡くした様子で一礼し、私達は義父の激烈な斗いを讃えあって合掌した。

さて、ここで義父が斗うことによって教えてくれた二つの「死」についての意味を、全世界的な立場で考えてみたいと思う。

まず「自己の死」であるが、これは個人的死であって、本人が死にたくなくても死ぬ時が来れば死ななければならない死、つまり「寿命」のことである。ところが、この「寿命」の原則が現代では基本的に狂ってきていて、自殺・中毒死・事故死・無差別殺人死など、「寿命」を無視した死が横行してあきれ返るばかりである。だから、ここでもう一度「寿命」の原則を教えておこう。

その一「寿命」は警察手帳や恩給証書のように他人に貸し与えてはならない。その二「寿命」は有価証券や不動産のように、それを担保にして金を借りてはいけない。その三「寿命」は借金の返済のように延ばすことは絶体できない。その四「寿命」には学校の成績やサラリーマンの給料のような平均などという馬鹿げた考えはあり得ない。その五「寿命」は政治家のような嘘は絶体つかない。以上が「寿命」の五原則である。

それではもう一つの「人間の死」とは。「人間らしい死」つまり「自然の死」である。そう云ってしまえば簡単であるが、死というものはもともと、生より贅沢でなければならないものだ。だから「自然の死」というものこそ人間最高の贅沢であって、どんな権力、金力をもってしても決して買えないものなのだ。畳の上で、家族に見守られ、安心しきって眠るが如く（この時私は末期の酒を一杯キューッと呑み干して）大往生。これが昔なら当り前のこと、誰にでも出来たのである。

今はどうか。やれ注射、やれ点滴、やれ人工呼吸、やれ心電図。ピーピー、ガーガー、ドタバタ、ジタバタ。まさに現代、往生際までディスコ調である。「自然の死」などとんでもない、さあ起きた起きた、現代医療で「平均寿命」を一秒でも一分でも延ばさなきゃぁ、オレの名がすたる、もっと延びろ、延びろ式である。

現代の医者は、人間の「寿命」を延ばし、平均年令を高めることこそ医療の勝利と思い込んでいる。あんたの長生きは現代医学の発達のおかげですバイ、などと薄汚なく威張っている。そして、その為には、患者の負担がどれ程かかろうが全く知らん顔。その癖、風邪の病理菌もわからず医療すらもできないのだ。

義父は死んだ。意識はなかったが、正しく自分の死をみつめ、現代医学に烈々と抵抗して昇天していったのである。

人間の思い上りが、原爆を作り、宇宙衛星を作り、自然を次から次へ破壊していく。ほんの僅かな銭もうけの為に、土地を買い占め、山を切り崩し、草木を薙ぎ倒し、不自然そのままのマンションやマンモス団地を造っている。

現代医学も全く同じことだ。色とりどりの薬を大量に与え、注射と点滴を無分別に繰り返し、副作用のない治療なんか今どきあるもんですか、とうそぶき、責任は取らず、脳波や心電図だけを頼り（器械が狂っていたらどうするのだ）、植物人間をつくっていく大罪を、これからどうするのか。

通夜ハ　盛大ニ
　葬儀ハ　質素ニ

獨壺庵（どっこあん）に於ける、私の遺書である。

獨壺庵とは、私の物置部屋のこと。そして、そこでの遺書であるから獨壺遺書、つまり「どっこいしょ」となり、あの世への旅発ちの、ひとつの掛け声ともなるわけである。

　加笛院呑呆亭梵苦楽居士

私の、戒名である。加笛院（かふぇいん）とは、「ぼんくら」という珈琲屋を十五年やっていたからである。また、呑呆亭（どんぽうてい）は、朝から大酒を呑んで呆（ほう）けているという意である。

だから私はもう、いつ死んでもいいのである。勿論、葬儀委員長も（というより「通夜の司会者」といったほうがいいが）決まっていて、あとは費用の問題だけが残っている。が、これは会員制にして、香典なし、とするのが最善策であろう。

　さて、この二・三年、後輩や友人（同年輩）の訃によく接する。私がいくら厚顔無知であろうとも、死なずにすむわけにはいかない。平均寿命などというバカな幻覚を信じたふりしても、いつポックリいくかわからない。「明日ありと思ふ心の仇桜、夜半に嵐の吹かむものかは」であり、人生は「邯鄲の夢」

なのである。

そこで、せめて死ぬ時ぐらいは慎ましく、人にも迷惑をかけず……と思い、死神にゴマすっているわけだが、葬儀に参列するたび、恐怖に襲われ、死ぬことがイヤでイヤでたまらなくなるのである。ああ、死にたくない、死にたくない！　と絶叫したくなるのである。それは、死に対する恐怖心ではない。地獄の苦しみが耐えられないからではない。ただただ、葬式のアホらしさと、葬式代の莫大な費用のためである。年ごとに華麗になっていく葬式の形式。そして、うなぎのぼりの費用は、まるで国鉄の赤字並み（いまは無いが）である。人間は、葬式代のために生まれ、葬式代のために汗水をたらし、粥をすすり、葬式代のために自らの一生を終えるようなものである。

「世界平和の為に」「人類愛と自由の為に」「核戦争反対の為に」で生きていたのでは絶対に葬式代など稼げないのである。だから偉くなればなるほど、有名になればなるほど、汚職をし、脱税をし、公金を横領し、バクチや売春をして、ひたすらに稼がなければならないのだ。毎度おなじみの政治家・教育者・医者・坊主・やくざの親分などなど、最も模範的な例である。しかし、それができない我々はどうすりゃいいのだ。

中国の『三国志』『魏志倭人伝』の中に、人が死んだら「歌舞飲酒する」と書かれており、わが国の『古事記』にも、天若日子（あめのわかひこ）が死んだとき、「八日八夜、遊んだ」と述べられている。先程も云ったように、どうせ人間死ぬのである。葬式代が無くても、死ななければならないのである。であれば、死んだからといって悲しむことはない。泣くこともないのである。悲しみ、泣いているその人も死ぬのだから。となれば、喜んでやればいいのだ。「ああ、ご苦労さま」「お疲れさまでした」と、故人の死を褒め讃え、歌舞飲酒すれば充分だ。それでも歌い足りなければ、「八日八夜」徹夜でどんちゃん騒ぎをやればいいのだ。歌と酒が苦手の人は、花札・麻雀・将棋、なんでもいい。

もともと葬式なんてものは、「遊び」でよかったのである。その証拠に、むかしは死体など、どこかの山奥にポイだったのである。いまで云う「燃えないゴミ」だったのである。捨ててしまえば、あとは呑めや歌えや踊れのお祭り騒ぎ。なんと、この世は楽しかったことか。ところが、この「土葬」主義が、「火葬」主義になったばっかりに、葬式が形式化し、金儲け産業となったのである。因に、日本で初めて火葬が行なわれたのは、七百年前の文武四年、そのあと大流行となったのが奈良時代である。しかも、当時の火葬階級の連中というのが、僧侶と貴族であるから皮肉なものだ。

私は、守も攻むるも、生きるも死ぬも、我流が最高と信じている。「我流得道」である。兵隊(海軍予科練)以外は、大抵それでおし通してきた。無傷ではないが、今まで生きているのが不思議である。「おまけの人生」などと威張ってはいるが、余分に貰った「いのち」は、これ以上粗末にはできない。

が、死んでしまえば、それまで。葬式など一切無用である。とはいっても、「燃えないゴミ」であれば、火葬だけはして貰わねばならない。市県民税を払い過ぎるほど払っているから、火葬代金はタダかと思っていたら、大人一万二千円・小人六千円となっている。その位の金なら、と安心すると大間違いで、棺桶代(好みによって違うが五万円からである)・一昼夜分のドライアイス代四千八百円より・宮型霊柩車代二万七千三百円、計ざっと九万四千百円也である。棺に入れて焼くだけである。焼き方を、ヘビーとかミディアムとか注文するわけでもないのに、九万円以上もかかるのだ。また、戒名もうっかりはできない。金高によって違うのである。○○院殿ともなれば、百万円以上は軽くふんだくられるのである。戒名の値段表は、坊主どもがヒタ隠しにしていて公表されない。いわゆる「時価」というヤツだ。

院号や居士号は、主として高貴な人に用いられたが、江戸時代の寺僧が院号を売り物にしたため、浪人・商人・百姓に至るまで、ゼニさえあれば付けられるようになったと、平凡社発行の世界大百科事典四巻九十二頁に記されている。どうせ坊主が時価で付ける戒名なら、我流で好きなように付けたほうがお利口さんである。

坊主といえば、これまた医者や教育者と同様に、ロクな奴ではない。先祖代々の墓石は捨てる(?)は、駐車場は作るは、幼稚園・保育園を開くは、寺まで鉄筋にしてしまうは、で死者の霊を弔うヒマなどないくせに、檀家からは金をムシリ取るのだ。つまり、死者を食い物にしているのだ。病人を食い物にするのが医者、死人で金儲けするのが坊主。どちらも、同じ穴の狢である。顔付きも似ていて、一向に品がない。教育産業・健康産業・マスコミ産業・セックス産業など、現代産業の穴はみんな一つなのである。世界中に誇るべき、日本の恥産業なのである。

私は、このクソ坊主の供養や世話になりたくないために生きている。「おまけの人生」を大事にしたいのだ。もともと、山墓、野墓、埋墓、捨墓であったのが、両墓制(りょうぼ)になってから、位牌や仏壇が現われたわけだから、むかしむかしの、もとに還れば、クソ坊主に金を欺(だま)し盗(と)られることはないのである。カラオケまがいのお経など聞く必要もない。お経を有り難がるのは生きている人間で、死者ではない。だからお経は、生者のためにあるわけで、長短で決まる値段のためにあるのではない。「死んで迷わぬように」というが、死んだら道はタッタの二筋、「地獄」か「天国」しかない。こんなにも分かりやすい二筋の一本道が、生きている時にあったであろうか。死者が迷う筈がない。坊主が生きている者を迷わせているのだ。

人が死ぬ。悲しみの最中に、もう葬式屋の注文取りが駆けつける。仏壇屋が来る。この連中、つまり医者と坊主と葬式屋はグルなのだ。「今日は何人死ぬぞ」と、医者から坊主へ、坊主から葬式屋へ。だから、息をひきとる前から霊柩車の手配は完了。「ああ、今日は忙しいから、早く死んでくれれば残業手当がもうかるのに……」そして、救急車なみの出勤となる。

通夜・密葬・出棺・火葬・本葬（告別式）・初七日・四十九日・一周忌と、ここまで葬式屋が手配するわけだが、自宅祭壇飾付、寺院飾付、お斉料理（通夜の前・別れの膳・精進落とし・法要の普通膳）、香典返しなどなど、全く気が遠くなるほどの形式と費用である。そのほか、納骨堂がなければ、余計な金を積んでもらわねばならぬし、戒名代、坊主のお経代、車代、際限がない。書くのも面倒臭いが、死ぬのも面倒臭くなる。うちのバアちゃんは、「死にたかバッテン、死なんほうがヨカごたぁる」と死ぬことを諦めている。

ここで一息。坊主の収入は、一体いかほどであろうか。国民の義務であるところの税金は、いかほど払っているだろうか。医者の脱税は常識であるが、坊主の所得税に関する話は、全然耳にしないが……。幼稚園・駐車場・戒名代・法要代、さらに、土地家屋税・固定資産税・高級車の物品税・檀家からの寄付金に関する取得税の申告は、青色なのか白色なのか。（まさか、黒色では？）一国民として、是非とも確認したいものである。税務署としても、一般に公開すべき義務があるのではないのか。

さて、このように莫大な費用と無駄な時間をかけての葬式とは、一体何なのか。当然、死ぬ者が死ぬわけだ。金さえあれば生き返ってくる、というなら話は別だが、たかが一人の死者に対して、これほどのムダ使いをするのは、何故か。

死者は、葬式のことなど、一切無関係、無関心である。都合よく焼けてくれればいいのだ。最低五万円の棺桶など必要ない。不用になったダンボール函で充分である。「別れる」ことで金がかかるのは、「離婚」と「葬式」だが、「離婚」は「再婚」が考えられるから、金がかかっても仕方あるまい。なのに、「葬式」に金をかけることの必然性は、一向に見当らない。

また、葬式は参列する側からみても、大儀である。喪服を借りねばならぬ。会議や商談を放ったらかして出席せねばならぬ。正座である。お悔やみである。香典である。ここで一番ひっかかるのが、この香典である。いかほど包めばいいか、という問題である。結婚式の祝儀なら、○○ホテルであれば、この程度の酒と料理だし、引出物もこれ位いであろうから、これほど包めばモトはとれる。という工合に計算できるからラクであるが、香典はそうもいかない。料理は精進だし、酒もガブガブ呑めない。歌も踊りもダメ。となれば、計算の仕様がないのだ。

そもそも、香典というものは、何なのか。広辞苑によれば、「死者の霊に供する香に代える金銭」とある。ならば、千円でいいか、というと、そうはいかない。何故か？　芸者ならいざ知らず、死者の線香代がそんなに高いのは、どう考えても不思議である。私は、香典があるばかりに葬式に行かないこともある。その代わり、自宅で、或は酒場で、合掌しながらひとり冥福を祈っている。実に、静かでいいものだ。

不以己悲（苑文正公「丘陽桜記」）

己(おの)れを以(もっ)て悲しまず、という。私は、この言葉さえあれば勇気凛々である。お経も坊主、クソくらえ！である。香典も葬式も、一切無用である。死ぬまで、唯我独尊、我流得道、である。

若い頃、「死にざま」ばかりを考えていた。死ぬ時は、ジタバタするな。哭きわめくな。堂々と死ね。たとえ、野垂れ死であろうとも、誇り高く死ね。見事な「死にざま」をいつも心の支えにしていた。だが、五十の峠を越してみると、「死にざま」など、どうでもよくなった。哭きわめこうが、はな垂れようが、見苦しかろうが、それでいいのだ。「人間の死にざま」という本が出たが、読む気もしない。

「死にざま」は「生きざま」である。と分かったからである。人間であれば、「生きざま」が即、「死にざま」なのである。見事な「生きざま」こそ、美しき「死にざま」になるのだ。

「空中且有我」（空中しばらく我あり）である。「不以己悲」である。

注　・昭和五十九年五月・初出時の金額とする・文芸四季3号掲載

――「道」ということ

「道」は「未知」である。いや、「道」は「未知」であらねばならぬ、そしてあくまで「ミチ」と呼ばれなければならない。

かつて、失恋しては泣いて歩いた道。喧嘩に負けて踏んづけられた泥んこ道。借金取りに追われて逃げ込んだ迷い道。生涯の見通しのなさに絶望してヤケ酒呑んだ暗闇の道。むかしの道は、歩いて行かなければ誰にもわからなかった道であり、途中で神に出会うか悪魔に出合うかまったく「未知」だったから面白かったのである。

ところが現代、「道」は「未知」ではなくなった。日本列島のあらゆる道が舗装され、「道」は「ドウ」と発音され、「道路」と呼ばれるようになって、もはや人間の歩く道ではなくなってしまったのである。泥道、砂利道、凸凹道、畦道、細道、獣道はもちろんのこと、逃げ道、脇道、横道、袋道、果ては寄り道、回り道、抜け道、隠れ道まで消滅してしまった。

「舗装道路」はあくまでも見通し良く、明るく美しく、雨が降っても長靴や高下駄は不要、障害物もなく迷うことも躓くこともない。と政治家たちは大威張りなのである。

とんでもないことである！「ミチ」が「ドウ」になってから、すぐ目の前の小泉君の家まで行くのに十分から十五分もかかるようになったのである。「ミチ」の時代なら走ればアッという間だったのに。

わざわざ横断歩道まで右に歩き、青信号を待ち、渡ったら左へまた歩かねばならない。

ま、それは我慢するとしても道路工事だけは怒り心頭に発する。水道工事？で掘り返して二ヶ月ぶりで終ったかと、ほっとする間もなく次のガス工事？が同じところを掘り返し一ヶ月。それが終るや否や今度は電気工事？が一ヶ月。そしてそれが集中するのが年度末の前後期の決算期直前である。日本の道路は「工事中」以外は道路ではないのである。

ま、それも我慢するとしても、許せないのは日本文化の堕落である。あれほど奥床しかった日本文化が、そしてあれほど慎み深かった日本女性が、「ミチ」から「ドウ」となった瞬間から目茶苦茶の(注)ちゃっちゃくちゃらなのである。勿論、日本男子も同様。

茶の道が「茶道」となり、剣の道が「剣道」、以下続々と、「華道」「書道」「柔道」、さらに、義理と人情の男の道が「極道」に、羞じらいと貞操の女の道が「色道」に、すっかり変貌してしまったのである。そこでくりひろげられるのは、騙し騙されの「ゼニ取りゲーム」だけ。色と欲の「裏街道」というわけ。どうしたらいいの、総理。どうしようもないの、総理。

いまや舗装道路は日本の国土を覆い、日本人も日本文化も根腐されさせてしまっている。道路はもはや人が歩くところではない。歩けば車の邪魔でハネ飛ばされるか引き逃げされる。年寄りが歩けばひったくり、子供が歩けば誘拐されるか殺傷される。

日本人の生活からすっかり、ゆとりやユーモラスな暮らし方が消え去ってしまった。わざわざ遠回りして帰る楽しみも、寄り道や道草をくって遊びに呆ける子供天国もなくなってしまった。舗装道路になって田舎は姿を消してしまった。草花や昆虫が年々死に絶えていく。火の玉や幽霊が出る場所が奪われてしまった。あまりにも明るく、見通しが良いために……。

「道」は「未知」であるべきである。けもの道から神の道、人の道に至るまで、未知だからこそ夢もロマンもあったのだ。歩けば躓づき転び迷うから、人間の可笑しさも愚かさも面白さもあったのだ。人間は歩くことによってものを考え、足元をすくわれることによって反省してきたのである。

草木も生えぬ、昆虫も棲めぬ道路では、人の心もやがては枯渇するであろう。

総理、日本にもう一度、「男の花道」と「女の花道」をつくってください。

（注）博多の方言　目茶苦茶の強意語

――我が愛するエロティシズム

昨年の同時多発テロをきっかけに、テロテロ坊主どものテロテロ戦争は一向に治まらないどころか、ますます激化するばかりである。「なぜ殺し合うのか」と問うより、「なぜ平和が嫌いなのか」と問うべきか、途方にくれる始末である。

そこで私なりに、テロテロ坊主どもの殺し合いの中身を解剖してみると、なんと驚くことにアタマの中の脳ミソはドロドロの液状に溶けあっていて、まるで諫早湾のヘドロと変らないのである。原油の状態そのものといってもいいくらいで、おまけにそれが全身の血液に流れ込み、あちらこちらでヘドロ状に淀んでいるのだ。なるほど、血の流れが悪くなるのは当たり前で、痴呆にならないのがおかしいのである。したがって、手足もボロボロ、精神もボロボロ、男も女も人生もボロボロ、人間ボロボロである。

ここに至って私は宣言する。「私はテロを憎む。テロの絶滅を願う」と。そして私はそれ故に、「エロを愛し、世界平和、人類共存のためにエロリストになる」と。いまこそ私は、残り少ない人生をエロリストとして生きることを決意したのである。

さて、日本に於いてエロは、グロと同列に扱われエロ写真やエロ映画のみに注目され、「エロ・グロ・

ナンセンス」などと軽蔑されているが、正真正銘のエロ、つまりエロティシズムは人類最高の「愛」の精神なのである。

世界的に有名なフランスの評論家ジョルジュ・バタイユは次のように言っている。

「エロチズムとは、死を賭けるまでの生の参加である」

いってみればエロティシズムは、人類が生まれた時から持っている心の「柔らかな情感」であり、とくに哲学や芸術の分野に於いてその実力が遺憾なく発揮されて高い評価を受けている。百川敬仁は「日本のエロティシズム」の著書のなかで、「エロティシズムは日本語でいえば（もののあわれ）の感情」であるといっている。したがって、本居宣長の思想とも相通じ、エロは決して好色的感情や低俗な精神ではないのである。

さてさて、こうなってくるとテロリストと対決するエロリストには、実にさまざまな愉しみが待ち受けているものである。

まず、フロの愉しみである。スッ裸になる愉しみで混浴の露天風呂など、想像するだけでも感情が豊になる。ひとフロ浴びての一杯もまた格別。トロでキューッと呑む。トロがなければクロ（クロダイ）かシロ（シロ身）の刺身でソロソロと呑むがいい。イロイロ注文するな、イロイロ文句を言うな、ウロウロするな、がその道のツウというものだ。ほらほら、ゲロゲロなど、ベロまで出して、だから呑みすぎの酔っ払いとは付き合いたくないのだ。なに！ザマアミロだって！この野郎！ここから先はテロに戻るから止めておく。

次の楽しみはなんたってメロである。カラオケである。もちろんナツメロに限る。そうだ、直立不動のソロに限る。口を大きく、腹から声が出せればあなたはプロに近い。デュエットなんて、あれはメロの堕落、あくまで基本はメロのソロでなければならぬ。

最後の愉しみはベロ、食う愉しみである。そして日本人なら和食、日本料理が美味である。ベロ、ベロと味わうこと。ノロ、ノロと箸を動かすこと。ソロ、ソロと音を立てぬこと。コロ、コロとものを落とさないこと。ホロ、ホロと笑うこと。以上の嗜みができれば一流、宮中の晩餐会への出席も可能である。

最近では、回転寿司にもあまり出掛けなくなったが百円均一の店を発見した途端、またひんぱんに出向くようになった。やはり、すぐ手が出るのがトロ(但し一カン)で、ついつい持ち金がゼロになってしまうが、テロには決してない、フロ、メロ、ベロの平和三点セットこそいつまでも大事にしたい。

――文明への過戟なる偏見

「機械を有する者は、必ず機事有り。機事有る者は、必ず機心有り。機心胸中に存すれば、即ち純白備わらず」(荘子)

荘子は、孔子に遅れること百余年、紀元前四世紀に活躍した中国古代の大思想家である。なによりも驚くことは、当時に「機械」という言葉があったことである。もっとも「機械」といっても、バネ仕掛けのハネ吊るべのことにすぎないのだが、井戸から手を使って水を汲みあげるより、吊るべのほうがはるかに効率がいい。だからといって手仕事を忘れて吊るべにばかり頼ってはイカンというのである。

機械を使えば、機械に心を奪われ、機械に振り回されてしまい、人間は心の純白さを失わない精神も定まらなくなる、という予言の鋭さには敬服するばかりである。

私は、日本に原爆が落とされた時から、物理(化学)、生物学、医学等近代文明の発展を徹底的に軽蔑し嫌悪してきた。これらは、はっきりいって人類の幸せには絶対プラスにはならない。核兵器、生物兵器、クローン人間、そしてコンピューター、携帯電話まで、人類にとって不便極わまりなくかつ不必要なものばかりを作っているからだ。

そのくせ、ひと度台風が来れば、新幹線、航空機、高速道路はストップ、水害、崖くずれ、停電。旱魃になればなったで、渇水、冷房も不能、夫婦喧嘩にも手がつけられず、ただおろおろうろうろするばかりではないか。

なにが人工衛星だ、宇宙開発だ、ダムだ、原子力発電所だ。毎年やってくる災害に対して何ひとつ対策ができず、なにが文明だ。

水不足になる巨大ダムを、故障だらけの原発を、病人にするためのクスリを、低能にするための大学とコンピューターを、金儲けのための精子や臓器の売買を、文明開化、バイオテクノロジーなどなどの名目で平然と行っているではないか。

まさに、「機心胸中に存すれば、即ち純白備わらず」である。

その結果、今や機械は人間を追い越し、人間の阿呆ぶりをあざ笑い、人間を奴隷のごとくコキ使っているではないか。人間はひたすら機械の前で囚人のごとく、目を見張り、指先を動かし、機械に命令されるままに右往左往するばかりではないか。万が一、ヨソ見でもしようものなら、欠伸でもしようものなら、居眠りでもしようものなら、二日酔であろうものなら、押し違えのボタンひとつで一瞬にして地球は消滅、われわれ人類も跡形もなく消去されてしまうのである。「始メカラヤリ直シテクダサイ」は、もう出来ないのである。

人間が機械の前で囚人のごとくコキ使われている間は、まだなんとか救いようがあるだろうが、そのうちきっと、人間は機械の一部として、つまり機械の部品となってしまうであろう。私の見通しは適格である。その証拠に、インターネットや携帯電話のメールによって、麻薬が売られ、武器が売られ、出合い系では男が殺され女が殺され、情報が氾濫し叛乱し、家族も親もバラバラにされ、一人一人も遂に十一桁の数字になされてしまったではないか。名前も人格もいらない。郵便番号と同じ存在に過ぎなくなったのである。

人間はもはや、自分でものを考え、ものを作り、ものを大切にすることを放棄させられてしまったのである。十一桁の数字となってしまった人間は、「ウソー」「ホントー」という機械語しか喋れなくなってしまっているのである。プラス、マイナスしかないコンピューター原理と同じであり、機械の部品的役割しか果たせなくなっているのだ。

私たちの願いは、ヨミ・カキ・ソロバンができて、貧乏でもいいからお米のご飯が食べられればそれだけでいいのだ。毎日が無事であれば何もいうことはないのである。

――カタカナテロ

私も含めてだが、日本の国が、日本人の顔が、日本人の心が、これほどまでに賎しくなったのは、すべて日本語が卑しくなったからである。

もっとも極端な例は、カタカナ外語の氾濫である。政治、経済、マスコミをはじめ、私たちの生活のすみずみに至るまで、ゴキブリのごとく、エイズのごとく繁殖し、増殖しつづけるカタカナ外語の被害と脅威は、まさにカタカナテロと呼ぶにふさわしい。

新聞雑誌、テレビやラジオ、街の看板、マンションの名前、広告チラシの文章や商品名、とにかく見るもの聞くもの、右も左も国籍不明のカタカナ語ばかりである。云く、アゲマン、アパマン、デパチカ、ハリポタ、テレクラ、メルアド、イケメン、ヤリコン、マスカラ、ケンチキ、ハネマン、ベンサン、スイスペ……などなど。わずか四文字に限ってもこれだけあり、文章との組み合わせとなると全くひどい状態である。

因みに、「枕絵」の解説を紹介すると「オーガズムとは、仙骨と骨盤にあるネクサスに反応する中枢神経によってフィードバックされ、エンドルフィンという内因性のモルヒネを脳内からシャワーのように降りそそがれるという、エロス・オルガニス、エクスタシイである」ということになるのだが如何？

そもそも日本語が文字として書かれるようになったのは、弥生時代に中国の文字が入ってきてからである。漢字から万葉がなが生まれ、万葉がなから、奈良・平安時代にかけて「ひらがな」「カタカナ」が発明されたのであるから意味をもたずただ単なる音だけを表わすアルファベットの文字とは根本的に違っているのである。

さて、「ひらがな」は大和言葉だけから成る短歌へ、恋の歌のやりとりとなり「書」の方向へと発展。一方の「カタカナ」は漢字の略字体として、主に僧侶や学者たちの文章に用いられるようになったのである。故に、カタカナの格調はひときわ高く、その威厳は日本人の心に誇りと勇気をあたえてきたのだ。明治元年（1868）の「五箇条の御誓文」明治23年（1890）の「教育勅語」、そして昭和20年までの帝国陸海軍の勅喩から文書に至るまでは、すべて「カタカナまじりの文語文」であったのである。

それほどまでに典雅であったカタカナが、なぜここまで落ちぶれ果てたのか。まるで、穴底から這い上がってきたフセインそっくりではないか。恥も面目もなく、うす汚いテロの果ての姿ではないか。

カタカナの乱れの原因は、家庭、学校、社会の日本語の乱れにある。子供や少女がヤクザのような口をきき、知識人やマスコミ連中が片コト交じりの外国語を喋り、坊主や政治家達が「嘘」ばかりしかつかいないからである。私たち昭和の一桁までは、「嘘つきは泥棒の始まり」と厳しく躾けられたものである。まことに名言、その故で今の世の中「嘘つきの泥棒だらけ」である。

日本語のカタカナは、決してローマ字ではない。記号ではない。日本語にはすべて「言霊」が宿っているのである。日本国は「言霊の幸はふ国」なのである。

「ヤマトコトハハソノ文見ヤスク。ソノ意サトリヤスシ。ネカハクハモロモロノ往牛ヲモトメン人。

コレヲモテ燈トシテ。浄土ノミチヲテラセト也」
（『黒谷上人語燈録』文永12年・1275）

なんと有難くも美しい日本語であろう。私たちの日本語は、卑しいカタカナ外語の植民地化やテロ化に屈してはならないのだ。死ぬまで文語文を愛した山本夏彦は「祖国とは国語だ」（『完本文語文』）といっている。

コノサカズキヲ受ケテクレ
ドウゾナミナミツガシテオクレ
ハナニアラシノタトエモアルゾ
「サヨナラ」ダケガ人生ダ。

（井伏鱒二・于武陵の詩の訳）

――歩く凶器

携帯電話は、歩く兇器である。手の中で密室化し、ますます人の目の届かぬ所で人を犯し、人を刺し、人を殺すからだ。

世の中は便利になったというが、とんでもない。明治、大正、いや江戸時代よりよほど不便である。ジェット機も新幹線も、ちょっと風が吹けば止まる。大雨が降れば崖崩れ、日照りが続けば水道が止まる。女をちょっと触ればセクハラ、褌一枚で夕涼みもできない。どこが、なにが、便利な世の中だ。

携帯電話の密室化は、人の目をはばかることなくバスや電車の中で、学校では先生、家庭では親の目を憶することもなく、平気の平左（ものともしないこと）で掛けまくる。したがって本人は、いつも自分の個室に居るような錯覚に陥入っている。その上、誰の目も気にしなくなるから傍若無人、大胆不敵な精神状態になっていくのだ。

ではそこで何か起っているのかというと、まず第一に「人格の破壊」が行なわれているのである。家族や他人に対する感覚や感情が喪失されているから、尊敬の念も感謝の念もまったくない。なに？　親も先生もみんな携帯を持っているって。それならお互いさま、勝手にしろ！

第二に「コトバの破壊」が行なわれている。世界の中で最も美しかった日本語が、いま、醜い親指の先でバラバラに壊されている。「てにをは」もない。敬語、丁寧語、花鳥風詠の季語もない。まるで陰語だらけである。その凄さはマフィアとかヤクザも赤面するぐらいの多種多様さ、ここに実例を示したいが年寄にはそんな閑はない。

私はかつて「日本語は日本の美しい風景の中から生まれ育った」という「言語風景論」を書いた。勿論そのことは、「風景が壊れれば言葉も壊れる。言葉が壊れれば人間も壊れる」という意味も含んでいるのだ。

現に若い連中と酒呑んでもチンプンカンプン、会話にならないし話の内容が理解できない。ただやたらと腹が立ってくるし酔いは醒めるし、もう呑まない！

第三に「ココロの破壊」が行なわれている。橋爪大三郎の『「心」はあるのか』によると、「ココロ」が先にあって言語表現が後なのかというと、そうではなく、言語表現や行動が先にあってその結果「ココロ」があるのではないか、ということになる。つまり、「ココロ」と「コトバ」は同じである。だから「コトバ」が破壊されれば「ココロ」も破壊されるのである。ほら、見るがいい。携帯を使っている連中の顔を。女も男も一様に表情がない。能面のような顔付ばかりである。無気味である。これでは、敢えてセクハラを冒しても触ってみたいという気持にならない。女性の色気も恥じらいもなくなってしまった。

第四は「人格の破壊」が行なわれている。「コトバ」の省略化はそのまま「コトバ」の記号化につながり、交通信号機や非常口や怪しげなネオンサインと同じ役割しか果さなくなる。もはや「コトバ」と「コトバ」はつながらず、人情と人情、友情と友情、そして愛情と愛情もつながらない。携帯電話のメールには、カタカナ記号とマーク記号が飛び交い、バラバラの感情、バラバラの思考、バラバラの行動が人間社会を破壊し盡そうとしている。つながるはずのものがつながらなくなる、という恐怖はもう現実となっている。

芸無論（ゲイノーロン）

昔、大根役者のことを「無芸大食」の役立たずと云っていたが、現代では「素芸大蝕」の芸無人と云わざるを得ない。その意味は云うまでもなく、役者は一人も居らずみんな素人、おまけに日本の誇るべき伝統芸の根本までを素人芸人が蝕んでいる、ということである。私は、平成になると同時に、日本の芸という芸は滅びてしまった、と断言して憚らない。何故か。それは本物の芸人が滅びてしまったからである。つまり。「役者」が全滅してしまったからである。

その最もよい例が、ＮＨＫの「大河ドラマ」である。「宮本武蔵」もひどかったが、それにもましてひどかったのが「新撰組」であった。演出も、時代背景も、時代考証も、立ち回りも、目茶苦茶であった。特に役者に至っては批評の余地なし。むしろガッツ石松の「ＯＫ牧場」の演技のほうがはるかに存在感があるというものだ。ニヤけてフヤけた沖田総司が「だってー」などと喋っているのはもっての外、「無礼者！」とテレビに向って何度怒鳴ったことか。以後一切見ることはなかった。

極論を云えば、ＮＨＫが時代劇を滅ぼし、役者を滅ぼしたのである。何故なら、民法の時代劇は納得できるものがかなりあるからだ。それにしっかりした役者も何人かは居る。侍の立居振舞、刀の差し方、抜き方、持ち方、目の配り、腰の決まり、歩き方、走り方、こんな基本動作がＮＨＫの出演者には出来ない。それもその筈、彼等は役者や俳優と呼ばれもせず、単なる「素材」と呼ばれているに過ぎないからだ。名前や演技などどうでもいいのだ。「どうだい、あの素材、使えそうか」とか、「今度の素材はヤバいぞ」とか、ろくな演出もできない連中から扱われているのだ。これでは「素材」も育ちようがなく、ますます「素材ゴミ」が増えるばかりである。

役者が全滅したもう一つの理由は、テレビ全盛の時代になったからである。視聴者に媚びるため、芸の幅よりフェイス重視のキャストを決める。舞台や映画のように全身で勝負する芸の必要がなくなったからである。つまり、アップ、アップ、アップの連続である。顔さえアップに耐えられれば、あとの手足や腰つきはどうでもいいのである。演技できなければすぐにアップでゴマ化せる。昔の映画では大スターでも、よほどのことがない限りアップでは撮ってもらえなかったのである。全身が画面に映るだけで役者名利につきると云われたものである。

「歌は語れ、演技は歌え」とは森繁久弥がよく口にしていた言葉である。それができるまでには、どれほどの修行が必要であるか。そこで、室町時代に能を完成させた世阿弥の『風姿花伝』(能＝演技)の、世界的にも有名な芸術論を紹介しよう。

「されば、古きを学び、新しきを賞する中にも、全く、風流を邪にすることなかれ。たゞ、いやしからずして、すがた幽玄ならんを、受けたる達人と申すべきか」「稽古は強かれ、諍識(じょうしき)(競争意識)はなかれ」。

檀一雄さんから聞いた話であるが、或る日友人の家で昼間から呑んでいると、庭の芝生の上を黒装束の年配の男が、右から左から転げ廻っている。さすがの檀さんも驚いて「あれは何者ですか」と聞くと、友人は「彼は滝沢修ですよ」と答えたのである。今の人は知るまいが滝沢修と云えば日本の演劇界（世界でも）の最高の役者なのである。檀さん同様私も仰天、演技をするため日頃から一人で黙々と身体を鍛えているのだ。だから、彼の一挙一投足が重厚な存在感を生み出し、われわれを感動させるのだ。

晩年、能（芸）の奥儀に至りついた世阿弥は『花鏡』のなかで次のように云っている。まず第一に「是非初心を忘るべからず」として、第二に「時々の初心忘るべからず」、第三に「老後の初心忘るべからず」と。また『花伝七』で、「秘すれば花なり、秘せずば花なるべからず」と。味わい深い言葉である。

──日本国憲法改憲への提案

戦後60年の節目に日本国憲法の、護憲か改憲かの論議が活発になっている。私も改憲の立場なのでこの誌上を借りて二つの問題を提起したい。皆々様の良識に訴え、是非ともこの提案が実現せんことを願う次第である。

問題提起一『年令のデノミについて』。

これは数十年前から考え続けている問題なので一度書いたことがあるかも知れないが、改めて検討したい。

『年令のデノミ』というのは、現在の年齢を一ケタ引き下げることである。つまり、私が現在75才であるが、それを65才に切り下げるのである。従って50代は40代、20代は10代、そして10代は0才となる。なんとケタ外れに嬉しいことではなかろうか。勿論、1才は0.1才、3才は0.3才となる。理由は至って簡単、しかも合理的である。云ってみれば、0才から10才までは「人間としての人格も自覚もゼロに等しい」ということである。考えも行動も、甚だしく幼稚であり、未熟であり、とうてい親兄弟や他人の気持をおもんばかることなどできないからである。

10才になって始めて1才となるわけで、そこでは知識も体力も人間としての責任が自覚できることになる。ガキから一歩、成人へ近付ける。己を慎しみ、目上の人を敬い、他人からも親しまれる存在となる、ということである。

今日における15才代や17才代の少年犯罪というものが消滅してしまうのである。

問題提起二『一夫一妻から二夫二妻の結婚制度について』。

これも私の長年の夢であり、理想とするところである。この制度の核心の理由は、「結婚したくない」という男女の心理を勇気づけるとともに、「離婚」という愚かしき結婚制度を痛烈に批判し、さらには「育児問題」までを全面的に解決へ導くものである。

すなわち、「一夫一妻制度」の最悪の欠点は、夫婦間の「倦怠感」が「憎悪感」や「殺戮感」に変わっていくところにある。

どんなに愛し合っていても一旦倦怠期がくれば、「このクソババア」と「このロクデナシ」に変形してしまうのである。おまけに、「歯ぎしり」「いびき」「寝言」「ところ構わぬ放屁」「不倫」ともなれば、まさにこの世の生き地獄である。別れようとすれば慰謝料、子供の養育費などなど、とても貧乏人には叶わない願いで泣き寝入りするしかない。

そこで颯爽と登場するのが（大拍手）「二夫二妻の結婚制度である。これは夫婦に倦怠期がやってきた時に、夫婦それぞれが相手を換えて結婚し直すというもの、つまりお互いに入れ換わって二回結婚できるというものだ。

但し、それには厳しい条件がついている。この条件こそ、私が長年にわたって悩み考え続けた結果の、人類史上初めて発見のアイデアなのである。

では、その条件とは何か。

まず第一回目の結婚の時は、妻が40才以上であること。初婚であろうがなかろうが新妻であることにはマチガイナイ！　勿論、夫は20才ほど年下が理想である。

第二回目の結婚は第一回目の結婚の逆となる。つまり夫が40才以上、妻が20才年下の若妻となる。夫の喜びはいかばかりか、男性諸君よ想像して欲しい。初老の男性に活力が戻り、初々しい若妻は更に更に燃えあがるであろう。

さて、「育児」という大問題が残るが、子供は国に育ててもらえばよいのだ。税金のムダ遣いと、天下りの給料、退職金を子供の養育費にまわせば何のことはない。高級官僚や各種公社の施設を使用すれば、世界に誇る教育施設が一瞬にしてできるではないか。

——地球人よ、驕るなかれ。

サルからヒトへ。洞窟から平原へ飛び出した人間が、今日、まったく大きな面して災害を「天災」だと云って憚らないのは、天に対して言語道断、無礼至極である。

「天災」とは、天がもたらす災害のことである。地球誕生以来、天がもたらした災害などひとつもない。大風、大雨、旱魃、寒暖、すべて宇宙系における自然現象である。宇宙の生理現象である。太陽も地球も、天体すべては生きているのだ。人間だけが生きているのでは、断じてない。

従って、災害はすべて「天災」ではなく、「人災」である。人間の欲望と傲慢がつくり出した「人災」なのである。

そもそも、ヒト以前の猿人たちは洞窟で飢えを凌いでいた。大風が吹けば地べたに這いつくばり、大雨で水が溢れれば山へ逃れ、寒ければ抱き合い、暑ければ日陰でじっと耐えていた。それが当然の状況であり、猿人たちの当然の生活であったはずだ。

それが二足歩行となり、不必要となった両手で道具を作るようになり、狩をし料理をおぼえ……やがて神を創り金を産み出した。以来、人間は欲望に欲望を重ねるごとに人を殺し、家を焼き払い、食物や金銀を略奪し、自然の動物や植物を根絶やしにするほどの残虐ぶりを発揮して、なお止まないのである。

ついでに云っておくが、類のなかで同類同士の殺し合いをするのは「人類」だけである。トラやゾウ、クジラやサメなど、仲間同士の争いはするけれど、人間たちのように決して同類を殺し合うことはないのである。

さて、この兇悪兇暴な人間集団は「知能」などという悪知恵を次々と発達させ、「科学万能」「カネ万能」の人間社会を形成し、無数の「正義」と「自由」の名のもとに現代の悲惨な世界を作りあげてしまったのである。

国土という国土は、石畳やアスファルトで固められてしまい土のカケラの面影もなく、海岸という海岸は、埋立やテトラポットのコンクリート造成で海岸線も消え失せてしまった。おまけに、山を削り、トンネルを掘り、海中に原子力潜水艦や空母の残骸を打ち捨て、空中には人工衛星からスパイ衛星を何百何千と放棄し、地下では核実験など、ありとあらん限りの非道ぶりを続けているのが人間、いや地球人である。まだまだある。森を伐り倒し、川の流れをせき止め、秘境という秘境を観光化し、宇宙にまでステーションを浮かべ宇宙旅行の実現化を行なっている。

そしてその一方ではもっともらしく、「環境破壊」「地球温暖化」「大気汚染」「異常気象」などの防止や禁止という与太ごとばかりを口先だけで叫んでいる。

当然、天が怒るのはもっともなことである。これほどバカにされ、ないがしろにされたら、私であったら乱心狂暴の行動を行すに違いない。しかし、さすがは天。天は怒らず、騒がず、むしろ平静にあって、太古からの宇宙の生理現象を行うだけなのである。

ガケ崩れ、洪水、堤防決壊、道路陥没、ビル倒壊などなど、すべての災害はヒトが山裾にまで住み、海岸や大河のすれすれにまで家を建て、道なき道に道を作り、瓦礫にしかならないビルを建てるからである。また、オレオレ詐欺、熟年離婚、痴漢、猥褻、賄賂、子殺し、親殺し、医療ミス、自爆テロ、すべてヒト、ヒト、ヒトによる「人災」なのである。

「無為にして為さざる無し」（無為の境地にいて一切を為しとげてゆく）とは『老子』48章（福永光司訳）の言葉であるが、ヒトにとって「便利なもの」や「便利なこと」は何もないのである。ニセガネ、インターネット、ケータイデンワ、ガンのクスリ、テポドン……。地球人よ、驕るなかれ、である。

いま地球でもっとも大切なことは、全人類が何もせずに食生活ができ、性生活ができ、寿命がきたら美しく死んでいけることではないだろうか。勿論、葬式代もお経代も、一切が「無し」である。

――ヒューマンエラー

「ヒューマンエラー」という言葉をご存知だろうか。

最近頻繁に使われている言葉だが直訳すると「人間のミス」という意味、つまりミスを侵すはずのない人間が「侵すミス」のことである。万物の霊長と言われ続け、有史以来地球上で神の如く振る舞ってきた人間が、ヘマをやらかし、ミステークを頻発するようになり、その都度、世界中が大騒ぎをしているのが現代である。

では何故、二十一世紀の今日に於いて、人間のヘマやミスがこうまで問題となったのか。答えは至極簡単、「機械が人間より神により近くなった」からである。「機械が人間の頭脳回路を持ち能力、性能をはるかに追い越してしまった」からである。逆にいえば、人間のアタマや手足が文明の速度に伴い退化し、自分以外の親兄弟や友人知人、他人のことなどとんと考えなくなったからである。

コンピューターの異常な発達で、ボタン一つ押し間違えたとの大惨事が現にいくつも起こっているではないか。大型旅客機の墜落事故で数百人が即死、列車の追突・転覆、タンカーの衝突・沈没、銀行・証券会社のミス、電気・ガス・水道の操作ミス、エレベーターの誤作動、ミサイルの誤射……あげればキリがない。

だが何よりも恐ろしいのは核ミサイルである。各国は、年から年中発射ボタン係（複数）を配備し、ボタン押しの命令を待機させ続けているのだ。もし、仮のそのまた仮の話しとして、その係全員が二日酔でもしたら、うっかり居眠りでボタンに触ったら、急に意識不明で倒れこんだら（勿論、二重、三重のセイフティフェイル〈安全策〉が用意されているが）……どこかの国からそのヒューマンエラーとやらで一発発射されれば、対峙国も一斉に反応し即座に発射されるだろう。今の核の威力は、広島や長崎の数十倍とも数百倍ともいわれている。完全に地球が自滅することは火を見るより明らかである。携帯電話の出合い系サイトの押し間違えとはまったく次元が違うのだ。一瞬にして地球は木っ端微塵に吹き飛び一片の宇宙の塵になる。

六十一年前、私は十五才で最後の予科練（旧海軍少年飛行兵）に志願入隊した。途端に、朝昼晩、食前食後に「総員整列」（全員集合）の号令が掛かり、全員が罰直（体罰）を受けるのである。理由は簡単明瞭、誰か一人がミスを犯したからである。一人のミスは全員のミス、つまり「全体責任」として全員が受けなければならない。国会議員のような云い訳や責任のなすり合いなどもっての外である。何故なら、軍艦には何百、何千人が乗っているのだ。仮に私が二日酔で「面舵」（右に回る）を「取り舵」と間違えたばかりに魚雷に当たって軍艦が沈没したら、私一人のミスが何百、何千人を死に至らしめるのである。

それだからこそ、海軍では入隊その日から徹底して「全体責任」の精神を叩き込んだのである。海軍が「運命共同体」と云われるわけでもある。おかげで私のような横着者にも、航空隊全員のためミスを犯さない注意力がつき始めた。が、途端に敗戦となり、その必要性が不要？となったことが幸せであったか不幸せであったか。進行形のままである。

「智慧出でて大偽あり」すなわち、智慧にうぬぼれると必ず大嘘つきになる、と老子はいうのだ。また、「大巧は拙の如し」ともいう。巧みの極致は最も拙劣なものと同じである。ということだ。

二十一世紀は「科学の時代」などと、さかしらなアタマの人間がいっているが、とんでもないことである。機械に追い越された人間は、いま、交通事故を起こすため車を運転し、高速道路を造る。親は殺されるために子供を産み、子供は離婚するため結婚する。刑務所に入るため犯罪を犯し、核や大量破壊兵器を使うため戦争を始める。そして科学者は、地球を破壊するためせっせ、せっせと機械文明を作りつづけるのだ。

地球が間違っているのか。人間が間違っているのか。それとも神様が間違っているのか。科学盲信の進歩思想（？）が地球を美しく豊かに保てるという危険なドグマに、「人間はミスをする動物である」の考えを頭の中にしっかりたたっ込むことだ。地球号運命共同体の乗組員である私たちは、二十一世紀のいま崖っぷちに立っていることをもう一度考えねばならない。

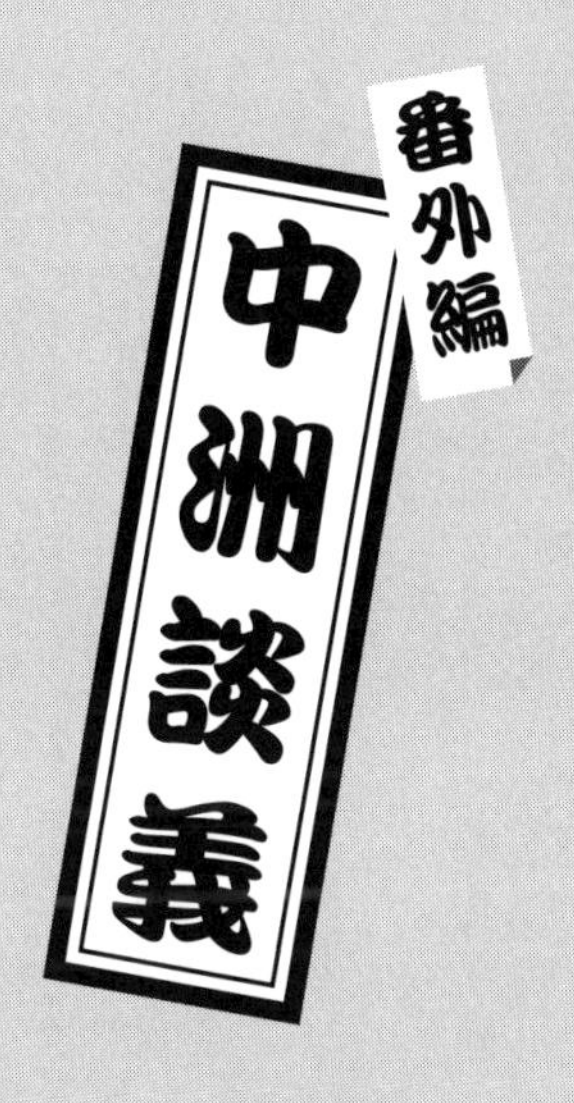
番外編
中洲談義

『タテ算』

タテばくたびれる。ヨコになれば楽ちん。人間は本質的に怠け者なのである。だから、人間の悲劇はタツことから始まったのである。

もともとヨコになっていれば、喧嘩もなく、戦争も起こらない。タッて、歩いたり、走ったりするから、ハラをタテたり、カオをタテたり、おまけにタテマエなどと、己れの下劣さを人前にさらすハメともなるのだ。

さて、中洲の悲劇も、このタテ算から始まった、といわねばなるまい。

中洲が情緒的であった頃、ヨコ町には三味の音や、ベッピンさんの笑い声などが、男達のロマンをかきたてたものだった。

中洲の店という店はヨコ算で、ずらりのれんをかかげ、ほろ酔い気嫌の呑み助連中を、それとなく誘ってくれたものだ。「今度はオレがオゴルバイ」と、いくら酔っ払っていてもヨコからヨコへのハシゴ、転びもせずウロツイたもんだ。

お勘定だって、ちゃんと決まっていて、テーブルチャージなどというワケのワカランものはなかった。

それが、である。タテ算になった途端、腰掛けただけで金を盗られる始末である。

その上ホステスはブスで無愛想、散々イヤ味を聞かされ外へ出れば、1Fではなく6Fだったり8Fだったり。

エレベーターを待ちくたびれて階段を降りれば、足はもつれ吐く息も絶え絶え。

いやはや、中洲は実に恐ろしいところではある。

そもそも、タテ算というのは、人間精神の貧しさ、イヤしさからハジき出された計算である。10坪の土地に10F建てのビルを建てれば100坪、ああ10倍もうかるワ〜〜〜イ全く植民地的発想である。

そして、タテヘタテへ、人間の無智な欲望は限りなく、天国へのハシゴを昇りつづけているのである。

人通りが絶えつつある中洲のタテ算を、果して誰が計算するのであるか。

『ノミ算』

「二日酔」と、人は云う。私はそういう人が羨ましくもあり、可愛想でもある。「人生常に酔うてあれ」という、ボオドレエルの詩句どおり、私は来る日も来る日も酔っている。

毎日、呑み始めるのが午前十時で、モーニングビールと称している。それから昼酒となり、夕食抜きの夜酒となり、深夜酒から午前二時、三時、ちょいちょい午前七時までの朝酒となるのである。呑み始めてから終わるまでの時間は、普通で十時間、長い時で約十六時間である。勿論、そんな時は寝るなどという呑気な余裕などない。

だから私の酒は、やっと呑み終ったところから、また始まるわけで、昨日が今日なのか、今日が明日なのか、自分自身でも日付変更線がサッパリ分らないのである。従って、私の酔は「二日酔」ではなく、「ズーッと酔」であり、「毎日酔」というのである。

「お前は、そんなに呑んでいると、死ぬぞ!」と、逢う人ごとに云われる。そして、云われ続けて、もう三十年ほどになる。が、酒はまだウマイし、まだまだ酒量も落ちない。酔いざまが、少々乱れてきたぐらいのものだ。

という工合だから、私の人生のすべての計算は、「酒を呑む」ことに換算されるのである。つまり、酒がウマければ、百パーセント私は健康なのであり、精神の状態も正常なのである。

たとえ健康状態が悪い時でも、酒を呑んでいれば、いつの間にかケロリと治ってしまう。わけのわからぬ医者から、わけのわからぬクスリを飲まされるより、どれだけオイシクて楽しいことか。まさに、酒は百薬の長である。だから食前、食後呑むのである。

さて、私は毎日がそういう風だから（珈琲亭ぼんくらの主人である）酒以外の楽しみは殆んどない。日付変更線がないからオーロマピケの時計もいらない。デイトも、食事も、映画も、パーティにも行かないから、スーツも靴もいらない。年がら年中、金千円也の渕上ファッションで間に合っている。

女性とのベッドインもないから、下着は三着千円である。生命保険も、貯金もないから殺される心配はない。呑むから乗らないから、車もガソリン代も一切不要である。おまけに、呑むと調子が良くなって、見知らぬお客さん達とすぐ仲良しになるから、私の酒代は千円足らず、後はすべて「お酒を頂戴」することになる。

ま、私の人生は「バラ色」ではないが「サケ色」には間違いないし、借金、借金と追っかけ回されているが、不思議なことに酒だけは毎日呑めるし、これもひとえに「ノミ算」のお蔭であると、深く感謝している。最終の計算は息を引き取る時に決まるわけだが、果してプラスになるか、マイナスになるか。

『ツケ算』

人生、ツケたり、ツケられたり、こんな愉快なことはない。ツケるほうも、ツケられるほうも、喰うか喰われるか、呑むか呑まれるか、守るも攻めるも波乱万丈、一寸の予断も許されぬその様子は、まさに冒険活劇物語に似ているからだ。

その縮図が中洲である。夜でもサングラスをかけたおっちゃんがツケているのは、前を行く中年の男と人妻。ツケられているのも知らず、ああ、肩など抱きあって。と、すれ違ったのは、スーツと着こなしだけが妙に目立つホスト風の男。ツケられているのが、スナックやクラブのちょっと美人。いろいろ調べてみると、この連中、ホステス捕獲係のスカウトマンであった。と、こんどは私の番だ。キョロキョロが気に入ったのか、「おっさん、おっさん。」ときた。ピンクサロンのおニイちゃんだ。「おれはおっさんじゃなか。」「おいしゃんバイ。」と、わけのわからぬことを云うやいなや、駈け足で逃げる。ハカタのおいしゃん。お互いに品のないことおびただしい。然し、中洲はキタなく、その上コワくなった。

天神ではこんなめにあった。或るスナックで知り合った女性と、その場で話がまとまり、今泉のとあるホテルへ同伴。朝、目覚めて仰天。全く別人が横に寝ている！と思ってよくよく見れば、ツケまつげに、ツケかつら、であった。以来、天神では強烈な香水をツケた女性を含め、イヤリング、指環、毒々しい口紅、マニキュア、などなどのツケ美人には、くれぐれも気をツケることにした。

昭和十五年、私が小学校五年生の時である。勿論、この頃は躾がやかましく、男女共学などあり得ない時代である。にもかかわらず私は、同学年の女生徒に「好いとる」と書いた紙きれを渡したのである。彼女からの色よい返事をと思い乍ら待っていると、彼女は私の思いに反して、私の担任の先生にその紙きれを渡したから一大事。頬べんたが腫れあがるほど殴りツケられたのである。これが私の初恋の、ツケぶみ物語であり、以後、次から次へと恋にツカなくなる発端ともなったのである。

相手の横にピッタリとツケて、グイグイと攻め立てる………のは、碁のキビシイ手筋であるが、もっとキビシク攻められたことがある。敗戦直後、まだ十六歳だった私は、アルバイトをしては、酒ばかりを浴びていた。そして或る日、友人と二人で、柳町の呑み屋で二泊三日の酒を呑んだ。お互いに、友情を大切にし、相手が金を持っていることを信じ切っていたから。二人とも一銭もなかったのである。オヤジは烈火の如くに怒り、結局、私の家へのツケウマとなったのである。そのカナシサとキビシサは、今でも身に沁みている。

太宰治流に云うと、「ツケるほうがツライか、ツケられるほうがツライカ。」であるが、果して私のツケを、地獄まで誰が取りにくるであろうか。

『タメ算』

黙禱——

本日は八月十五日。三十八年目の敗戦（終戦デハナイ！）記念日である。

さて、黙禱から覚めてみると——国破れて山河なく、見渡す限りタメ息だらけ——の日本と、日本人ばかりの、百鬼夜行図。お盆とはいいながらも、まことに、ゾッとする現世ではある。

タメ息は生命を削る鉋かな——と教えてくれたのは、私の人生の大先輩であるが、なるほど、なるほど、タメ息人生の人達を見ていると、人間がはるかに小さい、小さい。しかも、そのタメ息のみすぼらしさ、質の悪さは、世界（世間の間違いではない！）のもの笑いのタネにされているのである。

まず、質の悪さの代表例その一は「サラ金地獄」のタメ息である。はじめは借金のタメに借金する。そのうち利息がやたらとふえはじめ、利息のタメに借金する。ハッ、と気がついた時には、目の前にドスの利いた地獄の取立人。ここで絶望のタメ息。元金のタメの借か？利息のタメか？はたまた取立人のタメか？サッパリわからないのである。つまり、うまうまと、借す方の計算——タメ算にハメ込まれてしまうのである。

例その二は、質の悪さでも世界一の「教育」である。この仕掛け、「義務」などともっともらしいことを錦の御旗とし、「サラ金」以上のタメ算を平然と、然も当然の如くやっているから許せない。まず、「学歴」は「いい企業への就職、いい金持の處への嫁入りのタメ」から始まり、幼稚園は小学校、小学校は中学校、高校、大学のタメ、タメ、タメ、タメとなる。親も教師もグルである。いかに敗戦国民の恥知らずとはいえ、この知能バカどもの罪深さは気違い沙汰である。それに目をつけた「教育産業者」ども。大きな面(ツラ)して、親と教師を「偏差値」でユスり、タカるから、タメ息だらけの日本人しかできないのは当然のことである。

不肖私は、満十五歳で海軍甲種飛行豫科練生に志願し、例え半年であっても「祖国」のタメに特訓を受けた。私達の先輩の多くが「祖国」のタメに散華した。お互いに逢う場所は「靖国神社」であった。なのに、なぜ、「靖国神社参拝」がバカバカしくもめるのか。公人とか私人とか、全くナンセンスである。嘘だらけ、ヒガミだらけの社会党や共産党が参拝するタメにワルイ、のであれば、よくわかる。何故なら、この連中、平和のタメ算をゴマ化して、「敗戦」を「終戦」に、「祖国」のタメを「戦争」のタメと、すり替えてしまったインチキ野郎だからだ。原水爆以上にこいつらを許すことはできない。

人間すべて、オンナとカネのタメに悪知恵をしぼり、生命がけで悪戦苦闘しているが、「タメ算」の本質は、私利(尻デハナイ!)私慾のタメでは決してないのだ。愛する国のタメ、他人(ひと)のタメ、恋愛のタメ、中洲のタメ、そして酒のタメなのだ。

『カリ算』

秋深し……である。一雨ごとの寒さかな、である。枯葉である。木枯である。不況である。諸行無常である。そして、生者必滅、無常迅速、である。

世の中は夢か現かうつつとも
夢とも知らず有りて無ければ
——古今集・よみ人知らず

つまり、この世は夢と思えばまぼろしであり、現と思えば、これまたまぼろしである。そして、あると思えば無いし、無いと思えばある、のである。

そこで仏様が、この世はすべてが「仮りもの」、生まれることも、死ぬことも、惚れることも、ふられることも、すべてが「仮りの姿」である、とおっしゃっている。なんと有難い教えであることか。

さあ、諸君、すべてのものが「仮りのもの」とわかった以上、呑んで騒いで、陽気にパッとやろうではないか。カリることは、いいことなのだ。決して悪徳ではないのだ。むしろ、カリないことのほうが罪深いのだ。

私の身も心も、カリのもの。仏様からカリているのだ。だから、お金をカリて家を建てるのだ。カリて呑み続けるのだ。お金をかしてくれる人は、みんな仏様なのだ。なかでも銀行は特に慈悲深いところだ。そうなければならないところなのだ。ややこしい書類とか、印鑑証明とか、保証人とか、担保とか、そんなものが必要なわけがない。あっても「仮りのもの」なのだから、すべて夢まぼろしなのである。銀行は、ただ黙ってかせばいいのだ。ツベコベ云うなど、もってのほかだ。

何度も命拾いをしてきた私の人生は、「おまけの人生」である。つまり、何度も「命」をカリることができたのである。「運」も一緒にカリているのだ。でなければ、十五歳の時、カリを返して（命の）死んでいるはずだ。「命」をカリることにむかって、全身全霊、粉骨砕身の努力をすれば、お金をカリることなど屁のカッパである。

わが家は、カリ寝するカリの宿、わが愛妻は、カリの祝言でカリの情、カリの枕を交わしたカリの妻、そしてわが家族はカリの浮世の、カリの親子である。であるから、それぞれが自由であり、自在である。お互いのことをトヤカク云う必要がない。

遊びをせんとや生まれけむ
戯れせんとや生まれけむ

梁塵秘抄の今様歌である。十二世紀の日本の「遊び意識」である。西洋では十八世紀後半になって、やっと「遊びの理論」ができあがったくらいで、私達大先輩の思想に敬意を表さねばならない。

以来、日本人はカリの浮世を大いに讃美し、愉快に過してきたわけで私達も、大先輩におくれをとってはナラナイ。私も現在、起き抜けのビールから、カリ寝のウイスキーに至るまで、食前食後を問わず、酒と遊びに愛をこめ一心不乱に生きている。

『トメ算』

「止めてくださるな妙心どの…」ご存知、天保水滸伝の平手造酒である。

「待てとお止どめなされしは…」これまたご存知の、鈴ヶ森における白井権八である。

「お放しくだされ梶川どの……」またまたご存知の、刃傷松の廊下は浅野内匠頭である。

いずれも映画や芝居でお馴染みの名場面、名台詞である。止める手を振り切って行った平手造酒は、大利根川の露と消えるのである。白井権八は、幡随院の長兵衛から止められたばっかりに、遊女の小紫に惚れ、非業の最後を遂げるのである。そして内匠頭も、止められたから切腹、そのあと四十七士の討入りとなり、全員が切腹となるのである。

もしも、である。誰も止めることをしなかったら……である。平手造酒は病死、白井権八は行方不明、浅野内匠頭は吉良を殺し、大石以下四十七名は仇討をしなくてよかったのである。これではちっとも面白くないのである。話にならぬのである。神代時代から約三千年続く日本の国の物語りは、どう始まるか、始まりようがないのである。

そこで、「止め・止められる」ことが、いかに一大事であるかがわかるであろう。「止め・止められる」ことから、物語りが始まるのである。人間の歴史が始まるのである。ありとあらゆるドラマが、わたしにも、あなたにも始まるのである。

だから、泣くのである。だから、感動するのである。「止め・止められる」ことは、人生の句読点である。山椒の小粒のように、ピリリッと辛いのである。だから、人生は素晴らしいのである。

とはいっても……である。「止め・止められる」ことのむつかしさは、並大抵のことではない。「止める」にしろ、「止められる」にしろそのタイミングと、決心は、すべてわたしの、あなたの判断ひとつにかかっているからである。最後の決断は本人が下す以外にはないのだ。

「中洲に行こうか行くまいか」「借金をしようかすまいか」「女と別れようか分かれまいか」「酒にしようか焼酎にしようか」「カラオケで歌おうか歌うまいか」「妻を殺そうか殺すまいか」などなど、みんなあなた自身が決めなければならないのだから、まことに一大事なのである。

そして、自問自答の、「止め・止められる」かの決断が、ちょっとでもズレたり、狂ったりすると……おわかりであろう。永遠の悲劇が始まったりするのである。

「止め・止められる」ことは、哲学なのである。人間ドラマの原点なのである。知らぬ顔も、ゴマ化しもできないのである。だからこそ、生命(いのち)がけなのである。だからこそ愛妻から「止め」られ乍らもわたしは中洲を愛し、恋愛を趣味とし、酒をこよなく呑み続けるのである。

新ぼんくら談義

――現代カタカナ考

私はこの頃毎日のように、「日本人とは何びとか」「日本とは何か」「私は日本人であるか」と考えている。耄碌した故でもあろうか、私はこの問いに日々怖れ脅えているのである。

数十冊以上にも及ぶ「日本人論」を読んでもその答えは曖昧模糊、目から鱗が落ちるほどの論には未だに出会わない。ならばと煩悶の末、「日本という風土の中で、日本語を母国語とし、日本語によって思考、日本語によって社会生活を営んでいる、日本人を両親先祖に持つ私」という結論には一応達したものの、果たしてそれだけであろうか。

アメリカ人、中国人、インド人、ロシア人、フランス人、イタリア人、イギリス人などなどが、日本人よりも上手な日本語を駆使し、日本料理はもとより、茶道、生け花、書道を嗜み、カラオケで演歌を歌いこなしている姿を見るたびに、私の日本意識はますます不安に戦くばかりである。

昭和が終わって二十年、二十一世紀になって八年――学校では「国歌」「国旗」は不要、日本語より英語、家庭では日本食より洋食、社会では日本道徳無用の汚職と殺人、歌手は呂律の回らぬ日本語（幼稚語）で歌い、メールでは国籍不明の隠語が飛び交い、おまけに学者、知識人たちは、外来カタカナ語でしか書くことも喋ることも出来ないこの日本で、果たしてあなたは「私は日本人である」と、胸を張って云えますか。

「国家とは言葉である」
山口謠司は『日本語の奇跡』(新潮新書)の第一章で明言する。ルーマニアの思想家、シオランの「祖国とは国語である」という言葉を引くまでもなくとしながら、「民族性、すなわち国語…国家が存在するからには国語が存在する」と力強く発言する。正に然り、である。私が必要以上に恐怖し、危惧するのは、国語が滅びれば当然のごとく国家は滅ぶからである。

そもそも日本は、縄文、弥生、古墳文化時代までは無文字社会であった。文字を持たず「話し言葉」だけであったがそれだけに、「ことば」には霊が宿るとされ「言霊信仰」のもとに集団生活がおこなわれていた。

日本に文字がもたらされたのは、中国から漢字が伝わったことによるがその年代ははっきりと断定できない。だが、少なくとも五世紀頃までにはかなり伝わっていたらしく、「現在残っている、日本式の漢文の先駆けとなって流布した最も有名なものは、六〇四年に書かれた聖徳太子による『十七条憲法』であろう」と山口謠司は述べている。

以来、日本式の漢文は七一二年『古事記』、七二〇年『日本書紀』、七五九年『万葉集』と、口誦のなかで伝えられてきた思想や文化が文字化、つまり「書き言葉」として展開されていくことになるわけだが、ここでの発明は中国の漢字漢文を一字一音として日本固有の「やまとことば」として読み、書き記したということである。中国の文化を貪欲に取り入れ、日本独自の文化を築こうと懸命の努力のもとに作り上げた、いわゆる「万葉仮名」の発明である。

これによって『万葉集』は、日本古来からの伝統文化である和歌を天皇から庶民に至るまで、前後三世紀にわたって総歌数約四千五百首、二十巻にまとめて日本文学の基礎を築きあげることができたのである。

「漢字にめぐりあった」のが奈良時代とすれば、「文章をこころみる」のが平安時代と山中仲美の『日本語の歴史』(岩波新書)はいう。「日本語の文章を書き始めたのは、大化の改新(六四五年)以降のこと。大化の改新によって、官僚機構が整備され、日本人が官僚になって、文字を記していかなければならなくなってきた時期です。日本人も必要に迫られ、日本語の文章を漢式和文(日本語の語順)で書き始めたのです」。そして「貴族や僧侶などを中心に、日本固有の文字を作り出し、それらを使って文章を書く悦びを味わっています」と述べている。

この段階にきて一方では、「漢文を中国語として読まずに日本語で読む技術としての、漢文訓読法の『ヲコト点』」という発明が再びなされる。そしてそれは、漢文の中に「返り点」や「助詞・助動詞」を書き加え、ときには「振り仮名」をつけて訓読したのである(山口謡司)。現代でいう「て・に・を・は・こと」点のことであるが、このことによって中国語の語順が日本語の語順として読まれると同時に、その意味までが翻訳されるようになったのである。「万葉仮名」の発明から「ヲコト点」の発明まで約百四、五十年近くの時間が費やされたわけだが、その間の創意工夫がここに至って始めて、日本語の「仮名」大発明という奇蹟をひきおこすのである。

「仮名」は漢字の「真名」に対する呼び方であるが、「万葉仮名」の一部分から「カタカナ」が、そして「万葉仮名」の漢字を書き崩した「草仮名」（草書体）から「ひらがな」が誕生したわけで、この独創的な三度にわたる大発明こそが、実に、世界に類例を見ない日本語という「漢字仮名交じり文」の「書き言葉」を完成させたのである。

なかでも「カタカナ」は「男手」として、特に宣命（せんみょう）（天皇の命令を宣命体で書いた文書）や祝詞（のりと）、政治、仏教、学問の「公式文書は漢文体で書かなければならないという伝統として、奈良時代以来、第二次世界大戦が終わるまでずっと続いていくこと」（山口謡司）になったのである。

また「ひらがな」は「女手」として、九世紀終わりから漢詩文に変わる国風（日本文化）尊重の時代となった十世紀初め『古今和歌集』（九〇六年）を完成、以降『土佐日記』（九三五年）、『枕草紙』（九九五年）、『源氏物語』（一〇〇一年）などと、王朝歌物語や女流日記文学における日本伝統の美意識をつぎつぎと生み出し、「書」という芸術までも完成させたのである。

山口仲美は「カタカナ」と「ひらがな」を比較して「漢字カタカナ交じり文は、もともと学問の場から生まれた文章様式です。抽象的な意味を持つ漢語を自在に駆使して、政治・経済・社会などのいささか硬いジャンルのことも記すことができます。さらに、漢文を訓読することから誕生しているので、その根底に論理的な漢文の発想を持っています。こうして、漢字カタカナ交じり文が、ひらがな文を抑えて、日本の文章の代表の座をしとめていきます」と述べている。

山口謡司もまた「〈いろは〉は情緒の世界のものである。これに対し、〈アイウエオ〉という〈カタカナ〉は、大槻文彦（我が国最初の近代的日本語辞典『言海』を作った）が日本語の文法を説明するのに的確だと認識したものであり、また役人が漢文体を使って公式文書を書く時につかわれるような、システムの世界を構築するのもである」と記す。

日本語の「カタカナ」には、「小ヨク大ヲ、柔ヨク剛ヲ制ス」という非日常性の力がある。と同時に非日常性の美しさがある。さらに、由緒正しき伝統文化の重責を担って、国家の歴史を支えてきた日本を代表する言葉という誇りもある。「漢字カタカナ交じり文」の典型として、明治元年（一八六八年）三月に公布された「五箇条の御誓文」を次に示しておこう。あなたが日本人なら当然のごとく記憶しているはずである。

一　廣ク會議ヲ興シ萬機公論ニ決スヘシ

一　上下心ヲ一ニシ盛ニ経綸ヲ行フヘシ

一　官武一途庶民ニ至ルマテ各其志ヲ遂ケ人心ヲシテ倦サラシメンコトヲ要ス

一　旧来ノ陋習ヲ破リ天地ノ公道ニ基クヘシ

一　知識ヲ世界ニ求メ大ニ皇基ヲ振起スヘシ

今日においても実に格調たかく、簡にして一語の無駄もなくその意を伝え、なおかつ読む者の心に思わず襟を正させ深く感銘を与える文章ではないか。この格調と凛とした気迫はどこから来るか。敢えてここで強調しておきたいことは、この「五箇条の御誓文」が、昭和天皇の「人間宣言」(昭和二十一年一月一日)詔書の冒頭に堂々と天皇自らの意思として、また明治天皇以来の日本の「国是」として表明されていることである。このことの意味は、敗戦日本に押しつけられたアメリカ民主主義を唯々諾々として受け入れることなく、明治の精神に立ち帰り新日本の建設に取り組むことへの驚くべきご決断でもあったのである(『畏るべき昭和天皇』松本健一　毎日新聞社)。

そして明治三十六年(一九〇三)、最初の国定教科書『尋常小学校読本』が出されるのである。

サイタ
サイタ
サクラ　ガ
サイタ

昭和五年(一九三〇)生まれの私が入学一年生の時の国定第四期『小学校国語読本巻一』である。見開き頁の桜の絵の上に、鮮やかに輝いていた活字を見た瞬間の感動は、いまでも忘れない。この世で初めて見た美しさであった。文字が神々しかった。

以来、今日でもそうであるが、明朝体の文字(むかしは活字)を見るたびに、小学一年生の時の新鮮な驚きが甦ってくる。
ところが時局は戦争時代へと突入、私たちの国語も戦時体制下で統制、授業も小学生から中学生へと軍事訓練を受けねばならなかった。あの美しい憧れであった「カタカナ」は、突如としてその形相を変え私たちの心身に迫ってきたのである

不動ノ姿勢ハ教練基本ノ姿勢ニシテ内ニ精神充実シ外厳粛端正ナラサルヘカラス

『学校教練教範』

やがて太平洋戦争にまで発展した戦闘は、大学、中学生までの学徒を動員、私もまた中学校三年終了時、満十五歳で最後の海軍甲種飛行豫科練習生十六期に志願、小富士海軍航空隊に入隊した。

飛行豫科練習生ハ将来航空機搭乗員トシテ護国ノ大任ヲ負ヒ航空戦力ノ中堅タルヘキモノナリ
サレハ常ニ軍人精神ヲ涵養シ軍紀ニ慣熟シ智能ヲ啓発シ体力ヲ 錬成シテ以テ奉公ノ基礎ヲ確立スヘシ
之練習生ノ本分ニシテ脚下ノ忠節ナリ

『海軍飛行豫科練習生心得』第一

連日連夜、「カタカナ」の号令と叱責、罰直によって私の横着な根性はみるみる打ち砕かれ「不惜身命」の覚悟までに至り、人間魚雷「震洋」の特攻基地派遣（嵐部隊第四十八突撃隊）となったが半年で敗戦となった。

「国家とは言葉である」
「祖国とは言葉である」

私は生まれた時から日本人であり、日本語を喋り、日本語の教育を受けて育った。国家の危機存亡の折には、今でも「不惜身命」の覚悟である。それは日本の国が世界一素晴らしいからであり、日本語とともに生きている日本人が世界一好きだからである。

復員後の私は早速、「漢字仮名交じり文」との出会いを果たすと同時に、詩や小説にのめり込んだ。当時、信じられるものは日本語しかなかったからだ。国語の基礎時期を学習しなかった私は、かなりの年代になってやっと古典を手探りながら発見、自己流なりに改めて日本語の深さ、美しさに魅了された。日本人が創りあげた日本語には、人間の心を一瞬にして反応させ、一瞬にして感応させる「やまとことば」以来の霊力が備わっているのだ。

ところが幕末から明治中期にかけて、「話しことば」と「書きことば」の一致を目指した「言文一致」の運動が起こり、小説家を中心として今日の「口語体」という文体ができあがったのである。因みに文体の種類は、『文語体』のなかに「和文体」として「雅俗折衷体」「和漢混交文体」「漢文訓読体」があり、

『口語体』のなかに「言文一致体」「口語文体」「欧文体」がある。そしてそれと同時に、「漢字御廃止之議」「ローマ字化論」「仮名専用論」「フランス語化論」などの日本語変革論がおこなわれたことも忘れてはならない。

さて、日本語のなかでも特に折り目正しく「不動の姿勢」にも似たる「カタカナ」の、今日における頽化頽廃ぶりは目に余るものがある。傍若無人ぶりはもとより、その厚顔無恥、破廉恥の振る舞いは激怒に触れるものばかりである。日常目にする新聞雑誌の文章はその大半が「カタカナ外来語」か「カタカナ略語」、「カタカナ造語」「カタカナメール語」である。礼儀正しく、由緒正しい「カタカナ」は皆無に等しい。

その最たる原因は日本人による日本語教育の徹底不足である。「ことば」から健全な発音を奪い、歴史的意味を破棄し、心身への情感、抒情さえも伝え教えようとはしないからである。日本人と日本語の誇りを卑屈にした、文部科学省や学校教員や私をも含む今日の大人たちの大責任である。然も、そのことすら気づかず、日本語を記号化することに嬉々としている「パソコン人間」「メール人間」「学者人間」どもの存在は由々しき問題である。と、いくら怒鳴っても、「たかが一人の日本人が身を以て体験した日本語の歴史と存在感が何だ」ということになれば、最早これ以上何を言っても狂人の戯言としかならないだろう。

「日本語は記号ではない」と、若しあなたがそう思うなら、あなたはまぎれもなく日本人である。

もう一度、「サイタ　サイタ　サクラ　ガ　サイタ」を、一緒に音吐朗々と朗読しようではないか。

——現代教育考

義務教育は、小学校だけでいい。
教育内容は、ヨミ・カキ・ソロバン・シツケだけでいい。
文科省は、不用である。
日教組は、無用である。
PTAは、不要である。

右は、昭和五年(一九三〇)生まれの自称『ぼんくら学校校長』の、「教育に関する五箇条の誓文」である。

もともと私は、学校の勉強が大嫌いであった。その変わり、弱くて臆病なくせにケンカは大好きであった。そのお陰で、小六で不良少年、中三で軍国少年、敗戦後はヤミ屋、その他十五種類以上の職業を転々、恋愛以外には死ぬほどの病気にもならず、大酒呑みの現役を今日に誇っている。これもすべて、私が勉強嫌いで小六までの学力しかないことの賜であると、日々感謝している。

教育とは何か。勿論読んで字の如く、「教え育てる」ことである。「教える」だけでも、「育てる」だけでもいけないのである。

では、「教える」とはどういうことか。山田勝美の『漢字の語源』（角川書店）を見てみよう。

「教」コウ（カウ）。キョウ（ケウ）。

字形＝鞭をもって打つ意味を表す「攴」と、子どもが動作をまねる・習う意味と同時に音を表す「爻」とをあわせた、会意に声をかねた字。

字義＝「鞭で打って習わせる」①おしえる。おしえ（教育・教師・文教）②いましめ（教訓・教戒）③宗教のこと。神仏のおしえ。

「教えること」は、当然の如く「鞭打って習わせる」ことである。「教わる方」もまた「鞭打たれて」有難く教わるのである。つまり、「鞭打つ」ことは自然の方法であり、必然の方法なのである。

雀の学校　　清水かつら

ちいちいぱっぱ　ちいぱっぱ
雀の学校の　先生は
むちを振り振り　ちいぱっぱ
生徒の雀は　輪になって

お口をそろえて　ちいぱっぱ
まだまだいけない　ちいぱっぱ
も一度一緒に　ちいぱっぱ
ちいちいぱっぱ　ちいぱっぱ

この歌は、小学校に入る前から、母や近所のお兄ちゃんから教わっていたので、一年生になれば当然、先生の鞭で打たれるのは覚悟していた。そして学校ではその通りのこととなり、家では父のゲンコツ、母の鯨尺のモノサシの鞭が飛んだ。お陰で私の身体は、痛さには人一倍の強さが備わり、泣くヒマも病気するヒマもなく軍国少年として、ヤミ屋としての体力を保つことができたのである。

小学校卒業式の日、先生は黒板に「身體髪膚之を父母に受く。敢えて毀傷せざるは、孝の始めなり」と書き、一人一人に大きな声で読ませ、「これが親孝行の一番大切な精神である」と教えてくれたことは、生涯忘れ難い記憶として鮮明に残っている。

日本の教育は、今や崩壊寸前にあるというのは現代の常識である。というのも、教育の成果や乱れは、その国の「コトバ」、その国の「政治家」、その国の「犯罪」を見れば一目瞭然であるからだ。その現状は、いまさらいうのも情けない限りだが、敢えてあげれば増殖を続ける「偽言・偽証・偽装・偽善だらけの日本人」「幼年・少年・青年・成年がわからない日本人」「『私』という『私』がわらない日本人」、おまけに『日本語のできない日本人』（鈴木善里・中公新書ラクレ）という本まで出版されるというおぞましい現状だ。

その原因は歴然としている。昭和二十年（一九四五）九月十五日、敗戦直後GHQ（連合国軍総司令部）によって、文部省が国民学校の国語、地理の教科書を墨で塗り潰した時からである。更に十二月三十一日、CI&E（民間情報教育局）は「修身、日本歴史及ビ地理ノ総テノ過程」の即時中止を指令している。次いで昭和二十一年（一九四六）七月には、旧国民学校教科書を禁止。十月には「教育勅語」奉読を廃止。翌二十二年（一九四七）三月、教育制度の改革を行い六三制の義務教育が発足するのである。

江藤淳の緻密な労作『閉された言語空間』（文春文庫）によれば、アメリカはすでに昭和十八年（一九四三）六月頃から（アッツ島玉砕・山本五十六元帥戦死）、日本占領後の周到な政策を練り上げていたのである。それは驚くべき「ウオー・ギルド・インフォメーション・プログラム」（戦争についての罪悪感を日本人の心に植えつけるための宣伝計画」というものであり、昭和二十年十月二日から即刻開始された（同前）。その第一歩が昭和二十年十二月十五日、「日本人が戦った戦争『大東亜戦争』はその存在と意義を抹殺され、その欠落の跡に米国人の戦った戦争『太平洋戦争』が嵌め込まれた。…このパラダイムの組み替えは…外国占領権の強制と禁止によって強行されたもの」であったのだ（同前）。

敗戦直後、いやもっと前から日本はアメリカの周到な政略によって「日本の思想と文化とを殲滅」（同前）させられたのであり、そのもっとも甚大な被害を受けたのが教育なのである。

そんな深い事情とは露知らず、勉強嫌いな私たち数人は、当時の占領軍の「3S作戦」という日本人攻略戦術を誰からともなく噂で聞き知っていた。それは「セックス」「スポーツ」「ストライキ」という三つのS作戦で、日本人が世界に誇った「一致団結力」「道徳心」「忠誠心」はこれによって見事に粉砕されてしまったというものであった。共同体としての国家国民が、その絆をバラバラに切り捨てられ、その上に「民主主義」と「資本主義」が都合よくセットされたのである。「3S」の開禁と「自由」への開放は、日本人の二千年にわたる知恵と精神を瞬く間に殲滅、「…要するに占領軍当局の究極の目的は、いわば日本人にわれとわが眼を刳り貫かせ、肉眼のかわりにアメリカ製の義眼を嵌めこむことにあった」(同前)ということになるのである。

一九六〇年文化勲章受賞の数学者、岡潔は『春宵十話』(光文社文庫・初版は一九六三年毎日新聞社刊)で「3S作戦」について、「あのころスポーツ、セックス、シネマの三つのSがいけないといわれたが…シネマは外の物が感覚から入って人の感情を支配する。つまり外から心の鼻づらをとって引き回されるのがうれしいという気持になるからである。セックスは、人の高尚なものは大脳の上の部分にあるのに、下の部分ばかり働くからである。スポーツは、知覚作用がよく働かねばならないのに、運動作用がよく働くことになるからである。…これだけ三つを流行させれば知的にはほとんど無力になるに決まっている」と分析。そして人の教育について三十六年前の『春宵十話』の至る所でその根本を語っている。「頭で学問をするのだという一般の観念に対して、私は本当は情緒が中心になっているといいたい」「いまの教育に対する不安を述べると、二十歳前後の若い人に、衝動を抑止する働きが欠けていることである」「情緒の中心の調和がそこなわれると人の心は腐敗する」「くにがこどもたちに被教育の義務を課し、それを三十年続けてひどく失敗すれば、そのくには滅びてしまうだろう」「…本当は道徳教育をこそ義務と課すべきではないだろうか。そして義務教育はそれだけで十分なのではなかろうか」「道義の根本は人の悲しみがわかることにある」。正に肝に銘ずべし、である。

教育崩壊の原因のひとつが納得できたら、つぎの原因に目を向けてみよう。それは、義務教育の現場から消えたもの、いや、敢えていえば捨て去られたものが三つあるということだ。「体力」「意力」「想力」つまり、「カラダ」「ココロ」「アソビ」の力である。具体的にいうと、この三つの力を統合するものこそ「ハダシ」と「ケンカ」なのである。

まずは校門をくぐったら直ちに「ハダシ」にさせること。そして学校中を駆け回らせることだ。たとえ板張り廊下でなくとも、コンクリートの冷たさや運動場の砂や土の感触が足の裏に訴える感覚を体得させることである。この感覚体験こそ、身体を通じて「モノ」の実在感と存在感を確認させることができるのである。

つぎは「ケンカ」である。ここで最も大切なことは、「ケンカ」には「ケンカ」のルールがあるということを徹底的に叩き込むことだ。その一、自分より弱い者とはしない。その二、素手で殴り合う。その三、急所を蹴ってはならない。その四、どちらかが参ったらそれで終わる。なんと素晴らしいルールであることか。ここには正々堂々、あっけらかんとした愉快さがある。そして違反者はいかに卑怯者であるかを思い知らされるのである。卑怯者は、己れはもとより、クラスの恥、学校の恥、家族の恥となる。先生の鞭と同様に、自らの身体を活用して学ぶことは、おのずからの体験や経験として「ココロ」「アソビ」の原点を育て上げることになるのである。私はむしろ、「ケンカ」を積極的に教科として採り入れてよいと考えている。なぜなら、小学教育は「カラダで教える」ことが最適だからである。他者の「痛み」を共有でき、他者の「心」を瞬時に理解でき、他者との「肌」の温もりを共感できるからである。「弱気を助け強きを挫くケンカ」は、むかし、男の美学でもあった。

内田樹は『私の身体は頭がいい』(新曜社)のなかで、「とにかく身体が『統御されるもの』ではなく、自律したシステムであり、途方もない力と可能性に満たされていることを知るというのは…養老孟司先生によると『人間の意識はたかだか数十年の記憶しか持たないが、身体は数十億年の記憶をもっている』ということです」と記している。

さて、義務教育最後の、難攻不落の大敵は「脳」である。

養老孟司の『唯脳論』(一九八九・青土社)は、「現代とは、要するに脳の時代である…都会とは、要するに脳の産物である。…現代人はいわば脳の中に住む…ヒトの歴史は『自然の世界』に対する、『脳の世界』の浸潤の歴史だった。それをわれわれは進歩と呼んだのである。」という歯切れのいい切り口から始まる。発刊以来「脳ブーム」が巻き起こり、現在に至るまで「脳」に関する出版物が増殖を続けている。それだけなら何の問題もないのだが、いまや「脳」はヒト社会の上に君臨し、あたかも万能の神の如くに「脳化時代」を謳歌しているから、危険極まりないのである。曰く「脳が意識を作る」、「脳が心を支配する」、「脳が身体を支配する」、そして「脳がヒトを支配する」と。

さらに恐いのは、この「脳化思想」に最もダマされるのが、教育者たちであり、インテリと呼ばれる進歩主義者たちであり、見識のたかい学者たちであるからだ。この連中たちは性懲りもなく、「脳のいいのがアタマがいい」「勉強ができるのはアタマがいいからだ」と信じ込んでいるからだ。バカもほどほどにしてもらいたい。

私なりに「脳」の正体を単純化していえば、何のことはない、中枢神経の末端が肥大化したものに過ぎないのである。勿論、「脳」も身体の一部なのである。ただし、ここで油断してはならないのが、「脳」が進化の段階で最も原始的な「古皮質」と本能的な「旧皮質」と、そして最も発達した「新皮質」から成り立っているということである。

「古い皮質は、一言でいうと『欲望』と『情動』の在所（ありか）。食欲、性欲、恐怖、怒り、快不快…そういった感情のもとになる中枢。原初的な脳という意味で『恐竜の脳』とか『爬虫類の脳』とか呼ばれることもある。専門用語では大脳辺縁系という。新しい皮質は大脳皮質と呼ばれ、爬虫類の脳のまわりを包装紙のようにくるんでいる。これが『高等動物の脳』。人間の場合、大脳皮質の前、すなわち『おでこ』の部分が異常に大きく発達している。ここには前頭前野という名前がついている。理性や創造性の源であり『人間の脳』と呼ぶにふさわしい部分なのである」（『脳のからくり』茂木健一郎・竹内薫・新潮文庫）。

従って、大脳皮質が大脳辺縁系のコントロールをちょっとでも間違えば、人間は動物本能むき出しの凶暴性や、残忍性を発揮してしまうのである。つまり、ヒトとしての自覚を放棄してしまう、という結果を招いてしまうのだ。だから私は、ここに義務教育の原点をみるのだ。「教え」「教わる」ことの緊張した関係を、この「脳」との戦いに絞り込むべきだと考えるのである。

黒川伊保子は、「子どもの脳がおとなの脳に変容するのは一二歳である」（『日本語はなぜ美しいのか』集英社新書）という。そして、「三歳の誕生日をむかえた頃から、子どもの語彙は格段に増え始める。四歳から七歳までは、ことば、所作、意識の連携を学ぶとき。六歳から七歳までは、母語の社会性を養うとき。脳における母語習得の臨界期は、八歳。九歳から一一歳までは、完成と論理をつなげ、豊かな発想と戦略を生み出す脳に仕上げていく…脳の性能を決める脳の完熟期だ。つまりこの三年間は脳のゴールデンエイジとも呼ばれている」（同前）と脳へのアプローチを指摘する。

なるほど、小三から小六までが脳のゴールデンエイジであれば、それに密着した身体もゴールデンエイジとしてあるべきだ。なぜならヒトの身体は、それこそ脳に比べて数億年の記憶を持つ「大自然」なのだから。人工的なモノにしか興味を示さない脳に対して、「ハダシ」と「ケンカ」を通じて、つまり、ケガや病気や死という現実の生命の恐れや、また、生きることのかけがえのない有難さや尊さを実感させるべきである。「大自然」なる身体は、大自然なるが故に生命の不可思議に満ち溢れているのである。

それ故に、義務教育の現場では「脳と身体は乖離するものではなく、共感、共存するものでなければならないという哲学が必要なのである。幸いに、私たちの脳には、上なる新皮質が下なる大脳辺縁系を監視するという、抑制、統御の仕組みが具わっている」（時実利彦『脳の話』岩波新書）のであるから、身体を鍛えることによって、大脳辺縁系の逸脱、暴走を防ぎ、その生への意欲を育てるのが教育であろう。

それ故に私は断固として、教育現場をまったく知らない官僚たちの「ムチ」に対して、マニュアルなしでは教えることができない教師たちの「ムチ」に対して、シツケなしで育った父兄たちの「ムチ」に対して、「鞭打ち」の極刑を望むものである。

「進化の過程で、脊椎動物は『脳化』と呼ばれる方向に進んできた。…社会とは、すなわち脳の産物である。…現代の社会は、徹底的にヒトを管理する。なぜなら、われわれは脳化を善とするからである。脳化を進歩とするからである。…われわれの社会は『統御と支配』という『脳の思想』を持っているが、身体の思想をもっていない。…われわれの社会には『思想としての身体』は存在しない。…社会は脳の上に成立し、個人は身体の上に成立する」（養老孟司『唯脳論』）。

義務教育は、小学校だけでいい。ヨミ・カキ・ソロバン・シツケだけでいい。

現代術なし考

「術のない話である」

――といっても、この意味がわかるのは後期高齢者に限られていよう。現代ではもはや「死語」の部類に属し、若者たちには訳の分からない言葉でしかないであろうから。

「術のない」という言葉は、昭和二十年（一九四五）の敗戦時まではれっきとした日本語であり、人間の精神や生き方までを評価するほどの厳しさをもった、切れ味の鋭い言葉であったのである。

「術」①わざ。技芸。学問。②てだて。手段。③はかりごと。たくらみ。④修験者。陰陽師などの呪詛の法。『広辞苑』

何とも素っ気ない、それこそ「術のない」解説ではある。仕方なしに、最近一万円を奮発して購入した『新潮日本語辞典』を開いてみると次のようになる。

「術」①事物を実際に行うために確立された方法。技芸。②すべ。目的を達成するための具体的な手段。③人を陥れるための行動や計画。④道路。⑤状態。ありさま。⑥倣う。則（のっと）る。

一応、『広辞苑』よりましかも知れないがやはり味気ない。何故なら「術」にはもっともっと、広くて大きくて深い意味内容がぎっしり詰まっているからである。私がここでちょっと思い浮かべるだけでも、戦術、戦略、知恵、能力、創意、工夫、達意、極意（心を極める）、求道、精進、神秘など、人間のこころとからだをその極限にまで鍛えるという深奥の力をもっているのだ。

従って、「術がない」と言うことは「何の手段も工夫もない」、「知恵も能力もない」、「とるにも足りない」、「くだらない」、「バカバカしい」という意味となる。

その最も良き例が、国会における政治家同士の「質疑応答ごっこ」であり、国民不要、私利私欲まる出しの「予算ぶんどりごっこ」である。まさに、頭隠して尻隠さずの「賊議員」というに相応しい口先野郎ばかりである。

まだある。大企業の詐欺、横領、脱税、偽装、隠蔽における「謝罪会見ごっこ」だ。一列に並んでのワンパターンことば。「申し訳ありません。再発防止に……」。私たちは毎日毎日悪夢を見させられているのだ。

まだある。コメンテーターの知ったかぶり発言。お笑いタレントの「芸なし芸の押し売りごっこ」。今や日本列島、どこを向いても「術のない」日本人と、「術のない」日本文化のオンパレードである。「下らない。バカバカしい」を通り越して、不潔、不愉快千万である。

さて、気を取り直して、「術のある」話に移ろう。

抑も日本には古来から、心術、方術（技術や技）、仁術（医は仁なり）、仙術（不老不死の仙人の術）、算術、忍術、妖術、幻術、魔術、奇術があって、そのほかに武芸十八般といわれる術があった。剣術、柔術、槍術、弓術、薙刀術、馬術、砲術、泳法、棒術、十手術、儒学、和歌、生花、手跡（書）、茶ノ湯、狂言、謡、天文など。他に角力（すもう）、囲碁、将棋、香、躾方（しつけかた）、手裏剣、鎖鎌、捕縄術があった。これらすべては、己れの身体と精神の統一をはかり、心正しき鍛錬を必要としたのである。

「術のある」其の最も良き例が、伊賀忍者の伝書『万川集海』にある、「ソレ忍ノ本ハ正心ナリ」であろう。戸部新十郎の『忍者と忍術』（中公文庫）によるとその冒頭に、「ソモソモ、忍芸ハホボ盗賊ノ術ニ近シ、モシ天道ノ恐ルベキヲモ知ラズ、無道ノ者手熟シテ悪道ヲナサバ、ヒッキョウ盗賊ノ術ヲ開クコトニモナリナン」という厳しき戒めがあり、その禁は酒・色・欲で「ワガ本心ヲ奪ウ敵ナリ」とある。そして戸部は、「忍術とは偸盗術に近い術であることを認め、それゆえにこそ…元来、忍とは刃の心であり、心に刃をあてつつ、つまり私心・邪心を滅却して、正心を振起することが望まれたに違いない」（同前）という。この「正心」こそ、「賊議員」どもを打ち据えてやりたいほどの、まことに天晴れな「術の心」ではないか。

もうひとつ、感動の本を紹介しよう。ドイツの哲学者オイゲン・ヘリゲル（一八八四―一九九五）が五年間、日本の阿波研造師範の指導に困惑しながらも修行研鑽を積み重ね、「弓術」の極意を会得したという有名な話である。西欧の徹底した合理的・論理的な精神が、いかに日本の非合理的・直観的な思考と闘ったかという講演の記録で、岩波文庫から『日本の弓術』柴田治三郎訳（定価四六〇円＋税）として出版されている。

「弓術はスポーツではない。したがってこれで筋肉を発達させるなどということのためにあるものではない。あなたは弓を腕の力で引いてはいけない。心で引くこと、つまり筋肉をすっかり弛(ゆる)めて力を抜いて引くことを学ばなければならない」

「…術のない術とは、完全に無我となり、我を没することである。あなたがまったく無になる、ということが、ひとりでに起これば、その時あなたは正しい射方ができるようになる」

彼が弟子入り最初に阿波師範から云われた言葉である。彼は以来五年間、この言葉の意味に翻弄され、挑発され、悩み、反発し、遂に「無術の術」を会得するのである。

一途な彼の精進工夫にも感服するが、彼が理解体得した「弓を射る時には『不動の中心』となることに一切が懸かっている。その時、術は術のないものになり、弓を射ることは弓と矢をもって射ないことになり、射ないことは弓も矢もなしに射ることになる」という境地に至ったのである。

さらに彼は、「日本のあらゆる術はいずれも、精神上のある態度を前提として有し、術の種類によってそれぞれ多少の差はあれ、そうした態度を意識的に培っていることを意味している」。それは「かの思弁的な仏教ではなくて、日本で『禅』と呼ばれている思弁的でない仏教である」といい、「言葉に言い表わすことのできない、一切の哲学的思弁の以前にある神秘的存在の内容」を深く身心に刻み込んだのである。

「術はスポーツではない」のである。

新陰流で武術探求会主宰の前田英樹は、「スポーツは生身の人間が演じる広い意味での遊戯です。…作用と反作用との相関モデルを特定の約束事の内部で極端に純化し（いわゆるフォームの追求とは、このことにほかなりません）、生身の体に強制し続けると、当然ながら体は疲弊し、摩滅し、壊れてしまうでしょう。…トレーニングによって作られる強い体などというものは、所詮壊れることを予定されたエンジン・ブロックにすぎません。そこには、計画の策定とその実現だけがあって、本当の意味で上達もない、発明もない」（『剣の思想』青土社）と、鋭く指摘する。

スポーツが政治化され商業化され格差化され、さらに0・00秒を争うまでに秒速化され機械化された現代では、選手の身体や人格は不要なのである。選手はもはや人間ではなく、単なる道具に過ぎないのである。ただ勝てばいい。金メダル何個かが目的なのだ。其の選手が壊れれば次を作るだけ。国旗が何度揚がったか、記録は、メダルは、国家予算は、勝つためならドーピングも、正々堂々などちゃんちゃらおかしのである。

相撲を見よ。土俵に上がっても禮もそこそこ。立ち会いの呼吸も合わず、立てば立ったで「跳びかわし」、「張り手」（昔は禁じ手）、「アタマ押さえ」、体力と腕力にまかせての「突き押し」、まことに見苦しき限りである。昔の横綱は「受けて」立ったものだ。胸を貸す余裕があり、「後の先」という貫禄で醍醐味をたっぷり味あわせてくれたものだ。

柔道（柔術じゃない）を見よ。四角いリングに青色柔道着。まるで囚人服である。試合始まっても、猿の喧嘩のような襟の取り合いごっこが延々と続く。やっと組み合ったかと思えば、「逃げ腰」「へっぴり腰」、危なくなればリングの外へ逃れ、横目で時間を稼ぎ、ポイントのみを計算するだけ。昔の柔道は時間制限なしの一本勝負、道場全体が試合の場であり、柔よく剛を制したものである。

水泳を見よ。各国が競って超高速の水着開発に躍起である。選手はそっちのけである。水の抵抗を計算、「サメ肌水着」とか「タコヤキ式水着」まで登場。選手の実力以外の仕掛けに世界中が右往左往している珍プレイは、本番よりもバカバカしくて面白き限りである。

「術のある話」に戻ろう。

「兵法の利にまかせて、諸芸・諸能の道となせば、万事におゐて、我に師匠なし」と『五輪書』で記した宮本武蔵は、兵法の道を大工仕事と大工道具にたとえているのが面白い。

「大将は大工の統領として…果敢（はか）の行き、手ぎわよきといふ所、物毎（ものごと）を許さざる事、たいゆう知る事、気の上中下を知る事、かやうの事ども統領の心持に有る事也。兵法の利かくのごとし」。「士卒たるものは大工にして…大工のたしなみひずまざる事、とめをあはする事、かんなにて能くけづる事、すりみがかざる事、後にひすかざる事、肝要なり」と、兵法の極意に至る道の心得を説いている。「たいゆう」

は「大用、効用、はたらき、使いどころ」、「利」は「理」、「とめをあはする」は「角の接ぎ目をぴたりとあわせる」、「ひすかざる事」は「ねじれないこと」の意。

また、「兵法の目付といふ事」に、「目の付けやうは、大きに広く付くる目也。観見二つの事、観の目強く、見の目よはく、遠き所を近く見、ちかき所を遠く見る事、兵法の専也。…目の玉うごかずして、両わきを見る事肝要也」とあるが、この目の使い方は柳生宗矩の『兵法家伝書』(岩波文庫)「二つ目遣の事」と同じであり、両剣聖の「術」は期せずして一致するものだと感心させられる。宗矩曰く、「…敵のはたらきを見るに、みる様にして見ず、見ぬやうにして見て、間々に油断なく、一所に目をかず、目をうつしてちゃくちゃくと見る也。猿楽の能に、二目つかひと云ふ事あり。見て、やがて目をわきへうつす也。見とめぬ也」とある。「ちゃくちゃく」は「チラッチラッとすばやく見る」、「見とめぬ」は「一つ所に眼をとどめないこと」。この目の動き、目の働きは武芸十八般に通じる「術」の核心ともいうべきものである。

『風姿花伝』を著した世阿弥の「花鏡」(「日本古典文学大系」岩波書店)にも、「舞に、目前目後と云事あり。『目を前に見て心を後に置け』となり」と記し、「離見の見にて、見所同見と成て、不及目の身所まで見智して、五體相應の幽姿をなすべし。是則、心を後に置くにてあらずや。返々、離見の見を能々見得して、眼まなこを見ぬ所を覚えて、左右前後を分明に安見せよ」と教えるのである。「不及目」は「肉眼の及ばぬ後姿まで心眼で見抜き、体全体が調和した優美な舞姿を保たねばならぬ」ということである。

目と心はもっとも直接に通じ合っているのである。そして身体と心もまた「身心不二」「身心一如」といわれるように直結しているのだ。そのいい例が、柳宗悦の「茶道を想う」(『茶と美』講談社学術文庫)であろう。

柳は、「彼ら(茶人)は見たのである。見得たのである。…じかに見たのである。…ここで見ることと信ずる事は同じ働きをする。…ただ見ることだけでは見尽したとはいえぬ。彼らは進んで用いたのである。用いたが故になおも見得たのである」と書く。つまり目(身体)から心へ、即、心から用(身体)へと、一瞬のうちに「身」「心」「物」が「美」と繋がり「生活」と繋がるのである。

ここでまた「書は筆蝕の芸術である」(『書とはどういう芸術か』中公新書)として、現代の堕落した書道界に颯爽と登場したのが石川九楊である。石川は、「書というものは、筆跡、書字の跡の美である。筆跡とはまた『肉筆』の別名である」と言明する。「書」はまさに、剣と同じ「肉筆」による「筆捌き」の術であるというのだ。

石川はつづけて、「筆捌き」つまり「書きぶり」とは「作者が手にした筆記具の尖端と紙との関係に生じる劇(ドラマ)である」として、その時に生ずる作者の「力の態様—力の入れ方、抜き方、力のふるまい方を比喩として『筆蝕』に抱え込んだ表現だと言っていい」(同前)という。つまりは「筆尖と紙(対象)との接触と力のやりとり(摩擦)と離脱の劇」(『書を学ぶ』ちくま新書)であるからこそ、その人の面目躍如たる掛け引きの「術」が展開されるのである。「書」は「字が上手、下手」ではないのだ。その人柄(身体と心と人格)の面白さであり魅力なのである。

最後に、「的を狙わずに射中てることができる」ということをどうしても承服できないオイゲン・ヘリンゲルに、阿波師範自らが弓を引いたことを紹介しておこう。

師範は、まっ暗な的の前に火のついた細長い線香を一本立て矢を射る場所に戻ると、二本の矢を執り、無言のまま第一の矢、つづいて第二の矢を放った。ヘリンゲルが師範に促されて二本の矢をあらためると、「第一の矢はみごと的のまん中に立ち、第二の矢は第一の矢の筈(はず)に中ってそれを二つに割いていた」のであった。以来ヘリンゲルは「疑うことも問うことも思いわずらうこともきっぱり諦め」精進一筋、遂に無念無我の「術」を会得したのである。

よく「心・技・体」といわれるが、これは武術や格闘技だけの言葉ではない。文藝から礼儀作法、手仕事にいたるまで、全く同じ意味をもっているということである。私は不覚にもこの稿を書くまで考え及ばなかったのだが、実は、「心・技・体」は「心・術・体」の意であったということである。つまり「術」によって、「術」をとおして「身」と「心」が結び合わされる、一つに繋がるということの意であったのだ。

それだからこそ、「剣ハ人ナリ。剣正シカラザレバ、人マタ正シカラズ」であり、「術ハ人ナリ、術正シカラザレバ、人マタ正シカラズ」である。これこそ、日本人の精神に宿る「日本術文化」の真髄であろう。

――北京オリンピック開会以前の稿である

――現代現場考

私は現場が大好きである。八十歳になったが、まだ、性懲りもなくあちこちの現場に顔出しては煩さがられている。どうしようもない、生まれつきの現場バカである。では、何故現場がそんなに魅力なのか、また面白いのかというとそれには二つの理由がある。

一つ目の理由は、何度も書いてきたように勉強が大嫌いであること。つまり、私は考えることが苦手で、考えるより自分の体力に頼って即行動したほうが自分自身を裏切らないからである。下手な考えで判断していると、決心が鈍り、決断が遅れ、結局は後悔ばかりしなければならなくなるからである。

二つ目の理由は、現場には一瞬一瞬の生と生（死）が火花を散らし合っているからである。どんな大きな現場であろうと小さな現場であろうと、そこには「現場」というだけで人間の生きざまがぶつかり合う場所だからである。人間同士の知恵と力がせめぎ合う場所だからである。とはいっても、最終的にはひとりひとりが自分自身との闘いとなるのであり、孤立無援の自己責任という徹底した孤独との格闘ともなり、勝っても負けても、死に至っても、誰にも文句は言えないということになるのだが……。しかし、例えそうなったとしてもそこには、生きていることの充実があり、爽やかさがある。

現場とは何か。改まって聞かれると、途端に答えられなくなる。仕方なく自分で問い詰めてみても、一向に埒が明かない。かといって、私の現場人生を語ってみても実像だけに限られて、現場そのものの正体に迫ることはできない。そこでついつい辞書を引いてみたくなる。

【現場】①げんじょう。②現業員の作業をしている場所。③めのまえ。まのあたり。実地。④直取引。『広辞苑』岩波書店

【現場】①事件や事故が現在起こっている、あるいはすでに行われた場所。げんじょう。「殺人の——げんしょう」「火災の——」②（建築・土木などの）作業が行われている場所。「作業——」「工事——」③会社などで管理部門に対して実務部門。「——に出る」『大辞林』三省堂

【現場】①物事が実際に起こったその場面や場所。まだ事件がつづいている場合やそのあとがなまなましく残っている場合にいう。げんじょう。②建築、工事などの作業をしている場所。③まのあたり。めのまえ。実地。『日本国語大辞典』小学館

いやはや、どの辞書を見てもお利口お坊ちゃまの国会議員や、マニュアルぼけ官僚の答弁と何等変わりないではないか。まったく腹立たしくも情けない限りである。現場の実像や実体は、そんな生やさしい机上の空論ではない。その血腥い迫力は、生きた人間にとっての死活の場となるものなのだ。

——私にとっての現場とは何か。

端的にいえば、日常そのものの場である。朝目覚めて夜眠るまで、いろいろなモノと出合いコトと交わり、すれ違い、別れ、喜び、悲しむ生活そのものの場である。

だが、人の目には平凡、穏やかに見えても当人にとっては波乱万丈の世界であるかも知れないのだ。だからこそ、その現場からドラマが生まれ、小説や映画、ひいては戦争に至るまでの愚かしさも生まれるのである。

私にとっての現場とは、私が生きている限り、私の身体とともに、宇宙世界の時空を含めたこの場所に生存していること、つまり「いまここにいる」ということである。ハイデガーふうにいうと、「いまここ―に―いる」ということになる。「いる」は「居る」であって、「ある」「有る」「在る」とは、ありようが違う、というのも私の見解である。

私が「いまここ―に―いる」という現場の構造を眺めてみると、大きく三つに分かれた次元がある。一つは「いまここ」の時空間―場所、二つは「に」という「―に於いてある」関係、三つは「いる」という身体存在の次元構造である。

上田閑照は『経験と場所』(岩波現代文庫)のなかで、「人間存在の素朴な基礎的事態」について「包括的具体的にそして全自覚的に『ここでこうして居る』」といい、「ハイデガーの『世界―内―存在』を概念的述語化以前のところで丸ごと単純に『経験』という」として、にんげんの存在の根本的意味を「経験」といっているのは、西田幾多郎の「純粋経験」「経験と自覚」をその核心に置いているからであろう。

いきなり、「いる」ことから存在の問題に入ったが、人間が生きている限りそれは当然のことで、その人間を取り囲み、包み込んで「いまここ」という「時間と空間―場所」があるのだからだ。というのも、ハイデガーの「世界―内―存在」には、西欧独特の概念世界の思考しか感じられず、そこには身体的、感覚的実感がまったく感じられない。それ故に、西田が人間存在の根源を「色を見、音を聞く刹那、一切の思慮分別の加わらない以前、この故に『純粋な、未だ主もなく客もないところ』、そこが現前してくる、それが純粋経験です」と表現し得たことは、まさに感動である。

私は先ずもって、西欧のお利口知を鵜呑みに信じるようなことはしたくない。未熟ながらも、日本語で考え日本語で語りたいのであるが、今日の状況にあっては、私のごとき態度は、ミサイルに竹槍で立ち向かうようなものであろう。が、それは十二分承知の上で、孤軍奮闘、敢えて西田幾多郎同様の「思索の現場」に立ち向かいたいのである。曰く、「絶対無の自覚」「行為的直観」「絶対矛盾的自己同一」などなど。

人間存在の次に「いまここ」の「時間と空間―場所」の問題である。私は「時間」「空間」に関する本を何冊も読んだが、まるでチンプンカンプン何ひとつ分からずひどいショックを受けたものだ。だが、概念で展開される「時間空間論」は、もう、どうでもよく、私なりに「時間と空間は分けられない一つのモノとコトである」と結論づけたのである。

従ってここで取り上げる「いまここ」の「時間と空間―場所」とは、「時空のモノとコトを含めた場所」という意味になる。

そこで改めて「場所」という問題について考えてみると、現場は単純に「現在の場所」というだけでは済まなくなるのだ。上田閑照は、人間存在である経験の場所を「虚空／世界」という見えない二重性としてとらえる（同前）。

世界だけの世界A（世界内の事だけが問題になる世界—技術が関わり科学の知が対象とするのはこの世界）と、虚空が背景となっている世界B（世界全体ないし世界の内にあることそのことが問題になる世界、芸術が描き哲学が思索するのはこの世界）が質と様相において区別される。…世界Aは生活（いわゆる衣食住がその基本態）の時間、世界Bは人生（喜びや悲しみや愛や運命が生きられる）の時間、世界／虚空は生死（「いのち」が生きられ、死者たちとも共にある）の時間と一応言うことができるであろう。

私なりのいい方をすると、目では見えない大自然、宇宙全体という虚空世界と、現実生活で計り知れる喜怒哀楽の世界という二重性であろう。

場所の次の大問題は、「モノ」「コト」についてである。これは日本語に限っての特異な問題で、西欧が誇る近代科学知では決して解くことはできない。

もの【物・者】《形があって手に触れることのできる物体をはじめとして、広く出来事一般まで、人間が対象として感知・認識しうるものすべて。コトが時間の経過とともに進行する行為をいうのが原義であるに対して、モノは推移変動の観念を含まない。むしろ、変動のない対象の意から転じて、既定の事実、避けがたいさだめ、不変の慣習・法則の意を表わす。また、恐怖の対象や、口に直接のぼせることをはばかる事柄などを個個に直接に指すことを避けて、漠然と一般的存在として把握し表現するのに広く用いられた。人間をモノと表現するのは、対象となる人間をヒト（人）以下の一つの物体として蔑視した場合から始まっている》

こと【言・事】《古代社会では口に出したコト（言）は、そのままコト（事実・事柄）を意味したし、また、コト（出来事・行為）は、そのまま（言）として表現されると信じられていた。それで、言と事とは未分化で、両方ともコトという一つの単語で把握された。…言と事とが観念の中で次第に分離される奈良時代以後に至ると、コト（言）はコトバ・コトノハといわれることが多くなり、コト（事）と別になった。コト（事）は、人と人、人と物とのかかわり合いによって、時間的に展開・進行する出来事、事件などをいう。時間的に不変の存在をモノという。後世コトとモノは、形式的に使われるようになって混同する場合も生じて来た》『岩波古語辞典』

というわけで、私にはここにもまた「虚空／世界」の二重性と重なる「モノ／コト」の二重性が見えてくるのである。つまり、モノとしての宇宙時間は「永遠」につながる一方で、コトとしての時間は対象化され計量化されて刻まれた時間としての「時刻」となるということだ。また、モノとしての場所は霊魂というモノまで含めた聖なる空間としての「無限」に連なり、コトとしての空間は対象化されて「ここ」となる。さらに、モノとしての自己は生命体としての「霊や心」となり、コトとしての自己は身体としての「者」となる、というわけである。

――ここで再び私にとっての現場とは何かに戻ろう。

今まで見てきたように現場には、多種多様な構造が縺れ絡み合っており、上田閑照の言葉を借りれば、「異質の諸場所の重層は…主体軸の両義性と絡まって、不安動揺的であり、対立、矛盾、混乱、変異、欠落、独占、無関係、等々あらゆる複雑がありうる」（同前）ということになる。

中村雄二郎は、近代科学と技術がもたらした〈機械論〉的抽象と捨象に地球規模の警鐘を鳴らし、「科学知」に対する生命現象である「臨床の知」を提唱している。

科学の知は、抽象的な普遍性によって、分析的に因果律に従う現実にかかわり、それを操作的に対象化するが、それに対して、臨床の知は、個々の場合や場所を重視して真相の現実に関わり、世界や他者がわれわれに示す隠された意味を相互行為のうちに読み取り、捉える働きをする。

言葉を換えていえば、科学の知が冷ややかなまなざしの知、視学独走の知であるのに対して、臨床の知は、諸感覚の協働にもとづく共通感覚的な知であることになる。…科学の知が主として仮説と演繹的推理と実験の反復から成り立っているのに対して、直感と経験と類推の積み重ねから成り立っているので、そこにおいてはとくに、経験が大きな働きをし、また大きな意味をもっている。

『臨床の知とは何か』岩波新書

まったく同感である。西欧知が近代合理主義の下に排除してきた人間生活の経験や日常性こそ、改めて地球規模の人類問題として反省すべきである。その意味からも、西田哲学の「純粋経験／自覚／場所」という思索の展開を再度確認する必要がある。然も西田は、一切の翻訳語を使わず、その全思索に於いて日本語で思考表現したのであるから。「個は個に対して個」、「判断的一般者」、「行為的直観」、「絶対無の自覚」、「絶対矛盾的自己同一」など、私にはその都度これらの言葉が光り輝くのである。

場所あるいは場が抽象的な空間と異なるのは、時間性の有無以前に、それが均質的でなく、方向性を持ち、つまりは意味を帯びていることにある。…そのような場所あるいは場の最も複雑でかつ時間性を帯びたものこそ、生命場にほかならない。…生命場は生命体つまり生物を生み出すとともに、逆に生物によって変様され、つくり変えられる。

中村雄二郎『場所』弘文堂

上田閑照もまた、西田の「真の場所は単に変化の場所ではなくして生滅の場所である」を引用して、「西田の真の場所と言えるのは、或る物が反対に移り行くのみでなく矛盾に移りゆくことを可能にする場所、人間主体に即して言えば生死の場所」（同前）なのであると述べている。

現場は抽象の場所ではない。現場は具象・具体の場所である。それ故に、現場は混沌の場所なのだ。「モノ（霊）・物・者」、「コト（異）・事・言」が入り交じり、それぞれが「——に於いて」それぞれに浸透し合い、「いまここに」生きとし生けるものの矛盾と裏切りと期待をいきいきと輝かしているのだ。言い換えれば現場とは、自己の身体と精神そのものと同時に、他者の身体と精神そのものでもある。お互いの身体と精神そのものがお互いの「時間・空間——場所」を持ち合っているのだ。お互いが生きている間中、お互いの現場を持ち歩き、お互いがお互いを照らし合っているのである。西田は「自己が自己に於いて自己を映す、自己を見る、自己を知る」ことを「場所的自己」という。

私が現場人間を自負するのもこの限り「に於いて」である。が、それにしても敗戦以後、なんと現場人間が減ったことか。いや、滅したことか。子化を嘆く前に、日本国と日本人の、現場人間の絶望的滅亡と真剣に取り組まねばならない。

私は生まれつきの「最後の人間」であるらしい。戦前戦中では、尋常小学校・中学校・高等専門学校の最後、おまけに元海軍予科練・傷痍軍人（私は十五歳で負傷、現在の平均年齢は八十六歳）の最後である。また、敗戦後では、ブン-や（新聞記者や小説家）に憧れたものの、後はカッパン-や（印刷会社）、カッドウ-や（映画会社）、ヒロメ-や（広告会社）、ブンアン-や（コピーライター）と、いずれも転々と最後を引き受けて現在に至っているからだ。そして平成の現在、その現場の呼び名も近代化され、カタカナ語となり、その現場人間とともに影も形も失せ果ててしまった。現場を失った現場人間の切歯扼腕の叫びも、いまや息も絶え絶えである。

その原因は敗戦後の教育人、家庭人、社会人、政治家、そして近代知を誇らしげにひけらかす無能無智の似非（えせ）インテリ、似非企業家たちにあるのだ。この連中の正体は、現場を逃げ隠れすることでひたすら己れの保身に努め、マニュアルだらけの机上の空論だけで何万人もの生命すら平気で奪うのである。私は戦前、戦中を含めこの連中を、国賊と呼び日本国から一掃したいと本気で思い願っているのだ。

日本国と日本人から現場人間が消えていく。現場に立ち向かい、現場で闘い、より大きな文化という現場、世界という現場を創造してきた現場人間が、死んでいく。

現場人間の誇りである「塗（まみ）れる自己」が絶滅しかけている。汗に塗れ、泥に塗れ、涙に塗れ、笑いに塗れ、酒に塗れる現場人間が今日もまた喪われていく。

私は、私が憧れ、念願する「死ぬまで現場」の愉快を、「いまここにいる」ことで、最後の現場人間に呼びかけ、励ましつづけていたいのである。

現代比較助詞考

私はまったくの学校嫌い、勉強嫌いであるが、日本語が大好きである。なかでも、特に好きなのは中世の文語文で、鴨長明（一一五五～一二一六）の『方丈記』、道元（一二〇〇～一二五三）の『正法眼蔵』、吉田兼好（一二八三？～一三五〇）の『徒然草』、世阿弥（一三六三～一四四三）の『風姿花伝』である。

私なりの思いをいえば、日本語の完成度の高さはまさに中世のこの時期（一一九二～一六〇三）以外にはないのではないか。ことばの格において、ことばの質において、ことばの美しさ、豊かさ、深さにおいて完璧であり、しかもその文体の簡潔さにおいては全世界に誇り得るものと信じているからだ。

ゆく河の流れは絶えずして、しかももとの水にあらず。よどみに浮かぶうたかたは、かつ消え、かつ結びて、久しくとゞまりたるためしなし。世中にある人と栖と、又かくのごとし。（方丈記）

仏道をならふといふは、自己をならふなり。自己をならふといふは、自己をわするるなり。自己をわするるといふは、万法に証せらるるなり。万法に証せらるるといふは、自己の身心、および他己の身心をして脱落せしむなり。（現成公案）

万にいみじくとも、色好まざらん男は、いとさうざうしく、玉の巵の当なき心地ぞすべき。……さりとて、ひたすらたはれたる方にはあらで、女にたやすからず思はれんこそ、あらまほしかるべきわざなれ。(第三段)

およそ、その比、物数をば早や初心に譲りて、やすき所を少なくと色へてせしかども、花はいや増しに見えしなり。これ、誠に得たりし花なるが故に、能は枝葉も(少なく)、老木になるまで、花は散らで残りしなり。これ、目のあたり、老骨に残りし花の證據なり。(年来稽古條々上)

ついつい声を出して朗読したくなる。黙読しながらも、文章のリズムがこころのリズムと一体となり、ついには音韻となり、おのずからの声となってしまうのである。

五大にみな響きあり
十界に言語を具す
六塵ことごとく文字なり
法身はこれ実相なり

空海(七七四〜八三五)の、真実在はすべてことばであるという言語哲学『声字実相義』のなかの詩である。私はなにか気が滅入るとこの詩を朗唱するのだが、その都度、身心に活気が湧いてくるから不思議である。

私たちの時代、小学校入学と同時に国語の時間は、大声で読本を読むことから始まった。音吐朗々と、である。すらすら読めた時の喜びは、全身が感動で震えたものだった。

「日本語は、母音を主体に音声を認識する、世界でも珍しい言語である」(『日本語はなぜ美しいか』集英社新書)という黒川伊保子は、「ことばの本質とは何か」のなかで、「ヒトが人生の最初に出会う、発音体感ということばの属性。それは、脳の認知構造の基礎に深く関与しており、ある意味、ことばの本質といってもいいものである」と述べている。つまり、「母語というのは、ある固体の脳が、人生の最初に獲得する言語のこと」であり、「母親が無意識のうちに自分の発音体感によって赤ちゃんに声をかけること」だというのである。だからその時、母親の気分が弾むような開放感を味わっているのであれば、声をかけられた赤ちゃんもまた、母親の発音体感に共鳴して「母親の気分とともに、脳の中に感性情報としてインプットされていく」のである。「意識は語感を選び、また、語感は意識を作る」ことによって「脳には、素直に、ことばと情景の感性リンクが成立する」(同前)のである。

黒川伊保子がいう「美しい日本語」とは、「母語」(生まれて始めて獲得することば)と、「母国語」(その国の風土と人々の意識によって培われたことば)と、「発音体感」(ことばの本質としての語感)の三者が、日本人の身体感覚をとおして共鳴しあうことばのことなのだ。

未熟ながら私も、平成元年（一九八九）から平成七年（一九九五）まで文芸同人誌『海』に、「言葉は人間にとっての風景である」というテーマで『言語風景論』を連載したが、黒川伊保子の新書版のほうがはるかに簡潔明解であり、改めて己のぼんくらぶりを反省している次第である。そういう私でも、小学校時代は国語の音読と読み書きは好きだったが、中学になってからの国文法となるとまるでダメであった。

「文法は、品詞の区別と、活用とを、ただ暗記するものだ、という固定観念を、早い時期に植え付けられた。その砂を噛むような味気なさに、早い時期から学習を放棄してしまった」と書くのは、重層的な日本語論での評論活動をつづける吉本隆明（三浦つとむ『日本語はどういう言語か』講談社学術文庫「解説」）。

文豪といわれた谷崎潤一郎は『文章読本』（中公文庫）のなかで、「文法的に正確なのが、必ずしも名文ではない、…文法に囚われるな」と書き、自在に独自の日本語論を展開して『私家版日本語文法』（新潮社）を出版した井上ひさしでさえも、「だれかに、中学と高校での国文法の授業についてなにか短い感想を求められたら〈困惑した、退屈した、そして恐ろしかった〉と答えれば、なにやらぴったりと嵌まる」と書いている。

さらに、あの大野晋でさえ、日本語文法を「不幸な学問」（『日本語の文法を考える』岩波新書）であるといい、文法の好きな先生が少なく「教える人がわからないままで教壇に立つ」「先生は生徒に暗記だけを強制しようとする」から、生徒もますます面白くなくなる。また、「ヨーロッパ語の文法を学んだ人々が、ヨーロッパ語の目で日本語の文法を組織立てることが多かった」などの理由をあげ、文法を学ぶことの至難さを嘆いているのである。

ところが、ところがである。私はこの稿のために、どうしても助詞の役割についての調べが必要となり、あれこれ調べているうちに本居宣長（一七三〇～一八〇一）の「テニヲハ」論に出会ったのである。そして出会うや否やいきなり、日本語文法についての強烈な平手打ちをくらい、よろけて倒れる間もなく、身心にこのうえない興奮と感動を覚えたのである。

そのことを私なりに要約すると、宣長はまず、日本語の美しさを本義・正義として捉え、その根源を古語に遡り、その原点を「いさゝかもさかしらを加へざる」（真毘霊）『古事記』とし、それを現実の原型とした。そして宣長は、人間にとって最も大切なのは「すべて世中にいきとしいける物みな情（ココロ）あり」「情あれば、物にふれて必ずおもふことあり」（石上私淑言）という「こころ」と「ことば」であり、そのことの象徴を「物のあはれを知る」和歌に求めたのである。さらに宣長は、平安末期から鎌倉初期にかけて、歌学のなかで『手爾葉大概抄』（藤原定家の作とも伝えられているが）など、口伝として伝えられてきたテニヲハ文法に、画期的な文法論を確立提唱したのである。

宣長のテニヲハ論である『てにをは紐鏡』『詞玉緒』が特にすぐれているのは、契沖（一六四〇～一七〇一）や富士谷成章（一七三八～七九）の論とくらべて、宣長が当時オランダ語についてかなりの知識をもっていたことにもよるからである。宣長は、従来の歌学の規則や技巧としてあったテニヲハを、

「日本以外のものを比較の媒介として日本を考える」（吉川幸次郎）方法で、「心（こころ）」と「事（わざ）」と「言（ことば）」に結びつけてテニヲハの体系をつくり、一般の文を構成するその基本としたことである。

…そも〳〵此のとゝのへは（てにをは）。歌のみにはあらず。たゞのことばにも。もとよりみなさだまりあることにて。いにしへの人は。なほざりにたゞ一くだり書すてたる物までも。たがへるふしはさらになし。おのづからのことなるがゆゑなり。…一くだりかゝむ言の葉なりとも。此てにをはばかりは。みだりにすべきにあらず。いさゝかもたがへるふし見えたるは。その人の物かく筆の。大かたのつたなさ思ひはかられて。心おとりせらるゝは。はづかしきわざならずや。
（詞玉緒・文章の部）

さて、本居宣長のテニヲハ論に平手打ちをくらい刺激興奮を覚えた私は、早速、日本語の助詞についての考えを「カ」と「モ」にぶつけてみたくなった。というのも、永い間私の思いのなかに、西洋（西欧）と日本（東洋）の文化の違いを「ひと言」で表現できないだろうかという気がかりな考えがあったからである。あえて助詞を選んだのは、助詞こそ、体言について同じ文中の他の語との関係を示したり（格助詞）、いろいろな語について指示・疑問・反語などの意味を添え、文末の約束を示したり（係助詞）、いろいろな語について文節を修飾したり（副助詞）、文末にあっては、禁止・希望・感動などの意味を表し（終助詞）、文節の終わりについて語勢を強めたり感動の意を表したり（間投助詞）と、千変万化に相応しい活躍をするからである。従って、西洋の文化と日本の文化との両極を支え得る能力は十二分にあるのではないか。というわけで、並み居る助詞群のなかから選び出したのが「カ」と「モ」である。そして、私なりの新しい役割を担ってもらうこととして、『比較助詞』の名称をつけさしてもらった次第である。

そこで、西洋と日本の文化の差異を「ひと言」で表現するために、西洋には「カ」、日本には「モ」の比較助詞を指名し、西洋文化のひと言を「あれカこれカ」、日本文化のひと言を「あれモこれモ」とした。

絶対一神教で育った西洋文明は、砂と石の思想を生み、人間生存の条件に一切の妥協を許さぬ論理をその精神に構築したといえよう。それが「あれカこれカ」の二元論であり、「あれカこれカ」の二者択一による排除の論理である。

蓮實重彦は『反=日本語論』(筑摩書房)のなかで、夏目漱石の西欧体験を語りながら、「異なった属性を持つ二つの実体は相互に共通点を持つことはないという、形而上学的な命題から出発して…西欧的思考のこの自明の前提は…排除と選別の体系があたかも一つの自然であるかに機能している場こそが、西欧と呼ばれる野蛮なる環境なのだ。そこから矛盾が、葛藤がとめどもなく織りあげられてくる」のが西欧文明の常識だという。そして漱石は「『差異』と『同一性』の過酷な戯れを統禦する排除と選別の体系の圧倒的機能ぶりを身をもって発見し」「この排除と選別の煽りたてる血なまぐさい古代的葛藤の場としての西欧を、知性と感性において発見しえたおそらく最初の日本人である」（同前）と評価している。蓮實はまた言語についても、「言語には差異しかない」「『差異』と『同一性』を基盤とした言語的思考には、たえず、二つ以上の『記号』同士の血なまぐさい葛藤が顔をのぞかせているのである。…同時に一つの空間を共有しえない二つ以上の『記号』は、当然のことながらしかるべき秩序にしたがって言語的環境に配列される」（同前）と述べている。

私たちは二十一世紀の今、民族紛争やテロ、果てしない戦争における殺戮の現場に接するたびに、この西洋二元論による文化・文明の名に彩られた「あれカこれカ」の「排除」と「選別」の恐怖に戦くばかりである。

では、日本の比較助詞「あれモこれモ」はどうか。松岡正剛はずばり、「日本は『一途で多様な国』」、「日本は『主題の国』というよりも『方法の国』」（『日本という方法』NHKブックス）という。なるほど、日本は古来から八百万の神を持ち、なによりも和を尊び、和漢・和洋神仏の非対象文化を受容し、矛盾や対立や葛藤を並立並存させることで、「二項対立」や「二者択一」の争いを避け、いや、むしろそれらを積極的に採り入れ「一元論」としての文化を築き上げてきたのである。私も他人も日本人なら、同じ考えを持ち同じ心を持つから分かり合えると信じてきたのである。

松岡はさらに、清沢満之の「二極を消すという『二項同体』」の考え方や、西田幾多郎の「主客は同時という『純粋経験』」や、道元の「朕兆未萌の自己」にも通じる仏教哲学である「多項同体」、「相依相入」をあげて、それらを日本の方法、つまり日本の巧みな編集方法としての「論理を超える論理」としている。

「日本人が培ってきた和とは、異質なもの、相容れないもの同士が引き立てあいながら共存することだった。…そして、さらに一歩進んで、このような和を積極的に生み出すことを『取り合わせ』と呼んできた」というのは長谷川櫂（『和の思想』中公文庫）である。つづけて長谷川は、取り合わせの妙を「この国に伝わったさまざまな外国の文化はみな受容、選択、変容という三つの過程を経て、次々に和風のものに姿を変えていった」（同前）という。

「あれモこれモ」の「モの力」には、日本国の山川草木という大自然の時空が深く関わっているのだ。極力、人工を嫌い、人々は大自然のふところに入って「自然のなりゆき」に従って生活を享受してきたのである。その大自然の時空（ふところ）を松岡は「おもかげ・うつろい・うつろ」といい、長谷川は「すき間・間を置く・間」という。そして二人は「なにもない空間、からっぽの状態」というありとあらゆるものを受け入れることのできる広大無辺の世界を示すのである。それ故に「モの力」は、「あいまい」であり、「いい加減」であり、「なんとなく」であり、「まあまあ」であるからこそ、底知れぬ不可思議の力を生み出す空洞として存在しているのだ。

確かに「あれカこれカ」の「カの力」には、絶対一神教であるが故の「白カ黒カ」「生カ死カ」の明晰な迫力、論理の決断という理性の明断はあるが、その決着が正義の名のもとの殺戮でしかないとしたら、その結果は地球破壊・人類滅亡しかない。そしてこのことが、西洋の極めて自明な明晰論理なのだということは、最大の皮肉でもある。

私が今、最も恐れているのは、政治家たちの私利私欲によって失われた「国のかたち」と「日本哲学」の消滅、さらに、日本の「近代化」とは、日本の「グローバル化」とは一体何だったのか、ということである。私はそのことを、「カ」「モ」の比較助詞によって身を切られるほどに思い知らされたのである。

――現代細胞考――其の一「免疫細胞」「生殖細胞」

口蹄疫が発生した。そして、牛と豚が約二九万頭以上犠牲になった。そして、「殺処分」という活字が連日マスコミを賑わした。そして、誰ひとりとして「殺処分」という活字に対して何の反応も示さなかった。そして、「殺処分」という音声と活字は何の臆面もなく日本中を大手を振って闊歩した。

何という人間の厚顔無恥、傲岸無礼な振る舞いであろうか。私は今でもまだ、激怒しているのだ。ただの「にんげん」というだけの生きものが、よくもまあこんな下司な、こんな賢しらな血も涙もない活字表現をしたものだ。「殺処分」というのは文字でも日本語でもない。そこに広がるのは、おぞましくも甦るアウシュビッツや文化革命、ポルポトやルワンダの虐殺シーンだけである。そして、卑近な例では「誰でもいいから殺したかった」と叫ぶ殺人鬼の表情だけである。まさか、大学出のエリート知識人が作った活字表現ではあるまい。私からいわせると、この活字表現は最悪最低のメール記号やパソコン記号でしかない。そして、このことをひと言も咎めず、批判せず、平気で使い続けるマスコミや蒙昧学者どもに、私はますます激怒しているのである。

何事も、古き世のみぞ慕はしき。今様は、無下にいやしくこそなりゆくめれ。…たゞ言ふ言葉も、口をしうこそなりもてゆくなれ。

『徒然草』第二二段

こんなにも長生きしていると、「小人閑居して不全を為す。至らざる所なし」（『大学』）ばかりで、昼から呑める場所も呑む相手も見つからず、文章にまで「年寄りの冷や水」といわれる嫌味がでてくるものである。また、それを承知で書き続けるというのも厄介なことではある。

またまた、こうも数多くの通夜や葬式が続くと、人びとの死によって私が支えられているという思いが重なって、生き延びていることが心苦しくなる。と同時に、生きていることの不思議にも懼れをなすばかりである。

生きていることの不思議といえば、私は今更のように二つの大問題に驚愕し、身も心もなく周章狼狽している。

その一つは、「人間そのものが縫い目のない一枚皮でできている」とうこと。その二つ目が、「人間を作っているのは六〇兆個の細胞である」ということである。

「細胞があるのは、生物だけ。生きものの場合、分子があつまった細胞があり、細胞のあつまりとして、心臓などの臓器や、皮膚、葉、花びらなどの組織がある。その集合体が個体、個体があつまって社会、それから生態系、というふうに階層になっている。…この階層が生きものの特徴。そして生きものの階層のいちばん基本が細胞」と中村桂子（三）はいう。つまり「細胞は生命がある最小の単位としてはたらき、生きものの体をつくっている」（同）のである。

私たち人間の体は、この生命をもった六〇兆個の細胞からできあがっているのだ。ちなみにその細胞の大きさは〇・〇一ミリから〇・〇三ミリぐらいで、その種類はおよそ二〇〇種類ほどといわれている。しかも、その六〇兆個の細胞たちは、たった一個の受精卵から分裂をくり返し、呼吸器系、消化器系、神経系などの一〇器官系の構造を作り、それらのはたらきによって人体の機能をつくり、人体をつくり出しているのだ。

いいかえれば、私たちの身体は細胞だらけであり、私たちの生命はそれらの細胞の役割と生命力によって支えられているということになるのである。極端ないい方をすれば、私たちの生涯の一挙手一投足、喜怒哀楽は六〇兆個の細胞によって生み出されているのだ。万物の霊長として地球を我がもの顔に破壊してきた人類という種の鉄面皮を剥がせば、六〇兆個のやくざな細胞野郎に過ぎないのである。いやいや、細胞以下の低脳野郎である。

いま、世界の終末時計は、米ソ対立の頃の二分前（一九五二）から比べるとやや残り時間があるようだが、二〇一〇年の現在は六分前となっている。進化、進化といい続けてきた結果がこのざまだ。私は人類に「進化」などというものはないと断言するものだ。あるのは「変化」だけだ。そして人間なら、当然の如く先ずは己れの分限を弁えるべく、己れの細胞を知るべきである。

「われわれの宇宙は、約一五〇億年前にビッグバンと呼ばれる大爆発によってはじまったとされている」というのは柳澤桂子（四）である。そして、「人間は『星のかけら』である。人間だけではない。地球上の生物のすべてが星屑でできている。地球は今から四五億年前にできたと考えられているが、その五億年ほど後に最初の生命が地球上にあらわれた。星屑が自己増殖する能力を獲得したのである。四〇億年という想像を絶するような長い時間の間に、自己増殖する星屑には意識が芽生え、文化をもつようになった」（同）というのである。「現在の科学では、これらの一連のできごとは偶然の積み重ねによって起こったと考えられている」（同）らしいが、それにしてもなんとロマンのある生命誕生の物語であろうか。われわれの先祖は大爆発から生まれた銀河の星屑のひとつひとつであり、私たちみんなは「星の王子さま」なのである。人間の頭で考え出された科学などより、よほどこの星屑説のほうが真実味がある。

「原子地球の海や湖には星から飛散してきた元素が浮遊していた。これらの元素が地熱や紫外線、雷からエネルギーを得て、最初の生命物質を形づくったのであろう。生命物質（核酸）の最大の特徴は自己増殖できることである。この核酸分子が四〇億年の環境のなかで増殖結合、分離しながら自然淘汰され、やがて細胞という構造のなかに取り込まれ、生物の多様化が促進され、現在では私たち人類を含めて地球上に数百万種の生物が存在している」（同）ことになるのである。

「細胞」という言葉は、英語の「セル」（小部屋）の訳語で一六六五年にイギリスの科学者フックによって使われた。それから三〇〇年後、一八三八年と一八三九年に「生体は細胞と、細胞がつくり出した物質によって成立する」という『細胞学説』がドイツのシュライデンと、シュワンによって発表され、「細胞が生命機能を営み、生物のからだを作る最小の単位である」（一・二）といわれるようになったのである。

私が漠然と細胞に興味を持ち始めたのは、小学校に入って間もない頃で、みんなからよく「お前は単細胞だ」といわれるようになってからである。私はアタマよりカラダのほうが好きだったから、大東亜戦争勃発後は軍国少年として一五歳で海軍へ志願、最後の予科練生となった。途端に、訓練は想像を絶し、毎日食前食後、就寝後も叩き起こされ殴られ続けた。死への恐怖心を克服するための徹底的な身体教練であった。

そして敗戦直後、軍国少年の夢破れたみじめな復員兵としての私を立ち直らせてくれたのは、身体に叩き込まれた「キサマハ単細胞デアル」という天からの声であった。以来、私は人の顔を見分けること、肌と肌の付き合いができるかどうか、を唯一の生活基準として身に付けてきたのである。

敗戦当時、私は毎日のように酔い痴れては盛り場をうろつき、群衆の流れのなかに身を投じてはその孤独感に浸るのが日課となった。そこではすべてが他人という非情さと、それ故自分自身が好き勝手に消滅できるという安心感が不思議な温かさとなって私の全身を包んでくれるのだった。まもなく詩などに興味を持ち「群衆の中に浴みすることは、誰にでも出来るわけではない。群集を愉しむのは一つの芸術である」と、ボードレールの『群集』という散文詩(『パリの憂愁』福永武彦訳・岩波文庫)をぶつぶつ呟きながらひとり悦に入っていたのを思い出すと、私の中の六〇兆個の細胞が当時の群集となって甦り、なんともいいようのない懐かしさがそっくりそのまま湧きかえってくるのである。私はこれまでの経験からますます「脳が人間のすべてを決定するのではない」という確信を持つようになり、夢野久作の『ドグラ・マグラ』の脳の考え方に共感、私なりの『言語風景論』(同人誌「海」連載)で唯脳主義に反対の姿勢を示してきた。

考えてみれば、敗戦後の数十年は「国破れて山河あり」で、焼け跡の中にも日本の「自然」が、つまり日本の風景と私たち日本人の「身体そのもの」が激しく息づいていた。だから群集は他者でありながらも触れ合う肌合いを通じて温もりがあったのである。だが、高度成長期から日本国土及び日本人の身体は豹変、すべてが人工化してしまった。かっての群集は烏合の衆と変わり、肌の触れ合いもなく他者同士の排除意識ばかりが横行、「多細胞」を誇る知識人や学者どもがやたらと増え続け、地球をはじめ宇宙までもが壊滅しかかっている。

今や世界の人口は約七〇億、ひとりの人間の六〇兆億の細胞から比べたら、約一〇〇〇分の一パーセントでしかない。にもかかわらず、この愚かしき生物は二〇〇〇年来ひたすらカネのため殺戮に明け暮れ、何百万種もの多様な生物を、地球を、破滅に追い込んでいるのだ。「一五〇億年という宇宙の歴史、四五億年という地球の歴史、四〇億年という生命の歴史」（四）に残された世界終末時計の残り時間は、あと六分しかないのである。

さて、活動する細胞の全体像は、一、「血球の細胞群」二、「運動器官の細胞群」三、「神経の細胞群」四、「消化器官の細胞群」五、「ホルモンを作る細胞群」六、「呼吸器官の細胞群」七、「生殖細胞」八、「泌尿器細胞群」九、「情報キャッチの細胞群」からなる。このように数ある細胞群のなかから、私がいちばん最初に取り上げておきたいのが「免疫系の細胞たち」と「生殖細胞」である。

免疫とは、「『自己は排除しないが、非自己は排除する』仕組み」（二四）と上野川修一は説明する。

免疫系は自己と非自己を区別し、自己は攻撃しないが、自己にダメージを与える非自己は排除する仕組みです。さらに、攻撃した相手を記憶し、相手によって攻撃法も変えます。こうしたことを、私たちが気づかないうちに自働的に行っているのが免疫です。免疫系はその働きの違いから、自然免疫と適応免疫（獲得免疫）に大別されます。（同）

私たちのからだは、「体内に侵入し攻撃をしかけるウイルスや病原菌（抗原）に最初に対応する自然免疫という自己防衛部隊（常に体中に一定量存在）と、しばしば自然免疫を突破してくる強敵を攻撃する精鋭部隊という」（同）二つの部隊によって常時守られているのである。ちなみに、人間六〇兆個の総細胞のうち「脳神経細胞」は一四〇億個、「免疫細胞」は約一兆個あり、集めれば重さ一キロにもなるといわれている。

「病原体が体内へ侵入してきたら通常部隊の自己防衛部隊が真っ先に幅広い相手にすばやく立ち向かっていく。アメーバーのように相手を食べてしまうマクロファージ（大食細胞）、敵に抱きついて自爆する好中球（白血球の一種）、ウイルスに感染した細胞を目ざとく見つけて破壊するNK細胞」（一二）がある。NK細胞はナチュラル・キラーと呼ばれ、私たちのからだに毎日発生する数千個のがん細胞を殺している。また、マクロファージは「細菌を食べて粉々にすると同時に、その断片を自分の表面に掲げて侵入者の目印を精鋭部隊に知らせる（抗原提示能）」（同）能力を持っている。

この抗原提示細胞によって「敵を見逃さない特殊部隊のリンパ球（T細胞やB細胞）は、細胞性（ウイルスに対応）と液性（バクテリアに対応）の両方の免疫を巧みに使って敵を確実にやっつけていく」（同）。「つまり、抗原提示細胞は相手の顔を見分けるレーダー、T細胞は司令官、B細胞は抗体というミサイルの製造工場というわけ」（二四）。ところが、「ウイルスが細胞の中に隠れてしまった場合マクロファージは気づくことができない。が、表面に掲げられた目印に気づいたリンパ球のキラーT細胞は、活性化して仲間を増やし感染細胞ごとウイルスを破壊してしまう」（一二）のである。

私たち日本国にも、安全保障された戦わない自衛隊をもって国土の防衛訓練に励んでいるが、防衛費と称する莫大な予算ばかりを湯水の如く使っているのは如何なものか。少しは実戦訓練として細胞並の決断力、気力や迫力ぐらいは身につけてもらいたいものである。

免疫細胞の凄さは、こんなものではなくまだまだある。人間の心臓のやや上にある重さ約三五グラムほどの「胸腺」という、強力部隊を教育する臓器の存在である。「胸腺」という言葉が現代医学の中に登場したのはつい四〇年ほど前の一九六〇年以降であると多田富雄はいう。

「『胸腺』こそ、『自己』と『非自己』を識別する能力を決定する免疫の中枢臓器なのである」（二一）。この「胸腺」学校の凄さはその徹底した教育の仕方にあり、入学者のなかの無能者と危険分子は落第どころか、殺されてしまうのである。まず、「自己」と「非自己」を見分けるリンパ球T細胞に第一次と第二次の試験があり、「ふたつのテストに合格できるのは、理性のある秀才だけ。つまり、自己組織の顔をきちんと覚え、それが変化しない限り攻撃しないT細胞たちで二〇人に一人しか卒業できず、残りの落第生たちはあらかじめ組みこまれた自殺のスイッチが入れられ、アポトーシスで死んでいく」(一二)しかないのだ。私のような「ぼんくら」は、たとえインチキで入学しても卒業をまたずに殺されてしまうこと間違いなしである。

細胞たちには、私たち人間が想像もできないほどの厳しい宿命や寿命がある。そしてその死にも、環境や細菌などによって死んでいくネクローシス(壊死)、あらかじめ死をプログラムされ自死していく細胞と、不用として殺されていくアポトーシス(自殺死)という二つの死がある。

落第して殺されるのは当然の結果としても、「アポトーシスとは、細胞の仕組みの中に自らを殺す機構があって、それが作動された結果として死にゆくもの、だから細胞の自殺と考えることができる。…細胞の自殺は決して珍しいことではなくからだができあがってくる過程では頻繁におきる現象だといってよい。…細胞の自殺によって、初めてからだができてくるといってもよい。…細胞は死してからだを残すといえるだろう」(一)。

高木由臣は、「多細胞生物の形づくりは、大理石や木材からビーナス像や仏像を彫り出すように、不要な部分を削り取る作業である。よく知られているように、手足の指は指間の細胞をアポトーシスという細胞の自殺機能により除去することによってつくられる」(七)という。また西田徹はアポトーシスを「進化のメカニズムは効率のいい消去法。手の五本指構造を『グー』の状態から成長させると長さや角度が安定せず、扇形を作ってから指の間を消去するほうがはるかに容易」（一〇）と述べる。

なんと、私たちの手足の原型は、もともとラケット状の一枚ものであったのである。

さて、次の「生殖細胞」の問題に入る前にそもそも「人間とは何か」と改めて考えてみると、最も単純なひと言で片付ければ「人間とは生まれて死ぬまでの寿命をもった一個の生命体である」ということができよう。しかし、このなかには「生」「死」「寿命」「男」「女」という生命体としてのさまざまな難問が、哲学から分子生物学まで複雑多岐にわたって絡みあっている。そしてそれを今度は「生殖細胞」の立場から表現すると、「生命を次の世代に伝えわたすための生殖活動とその巧妙な機構と形態」（二）ということができるだろう。

そこで、まず生殖には基本的に二つの形態があることを知らねばならぬ。一つは「バクテリアなどの原核生物が無限に分裂しつづける『無性生殖』と、もう一つはヒトを含む真核生物による『新たな自己』の継続を形成させる『有性生殖』」（七）によるものである。

「有性生殖」とは、一種類の生物を延々と生み続けるよりも、多種多様の個性をもった生物を混ぜあわせて生み続けるほうがバラエティ豊かな生物が現れるし、突然の環境変異が起こっても全滅することはないという、生存の戦略から編みだされた子孫繁栄のための智慧である。おかげでヒトは、四〇億年前の生命の起源にまでつながっているのである。

ところが「生殖」とは、「二つの個体の生殖細胞が融合し、遺伝子が他の個体と混ぜ合わされて子供がつくられる」（六）ことには違いないが、このための悲喜劇やドタバタ騒動は筆舌に尽くし難いものである。とにかく、「生殖とは、ある生物のもつすべての遺伝情報が継続的にくりかえし伝達される現象である。その遺伝情報の伝達にあずかる細胞が生殖細胞。ヒトでは一回の射精で約五億個の精子が放出されるが、輸卵管のなかの受精の現場まで到達できる精子は数百個。そこで卵と精子が受精した受精卵は分裂して完全な個体をつくる」（同）。

多田富雄は、「人間の胎児は受精後七週までは、まだ男でも女でもない状態、あるいは男でも女でもある状態である。それは、男にも女にもなれるような重複した生殖器官の原基を持っているからで『性的両能期』とも呼ばれる。…八週目になって、やっと男性への分化が始まる。精巣すなわち睾丸が生まれるのである」として「九週目になると精巣から抗ミューラー管因子というホルモンが分泌され、女性生殖器に分化するはずのミューラー管を退化させてゆく」（二三）という。そして「抗ミューラー管因子が働かなければ、人間はもともと女になるべく設計されていたのであって、Y染色体の精巣決定遺伝子のおかげで無理矢理男にさせられているのである。人体の自然の基本形は、実は女であって、男はそれを加工することによって作り出されるわけである」（同）と述べる。さらに、「男は女にとっては異物であるが、女は男にとってもともと『自己』の中に含まれているので異物にはならないわけである。…人間の自然体というのは、したがって女であるということができる。男は女を加工することによって、ようやくのことに作り出された作品である」（同）とまで述べている。

まさに、傘寿まで生きてきた私にとって、このうえもないショックである。絶叫こそしなかったが、しばし絶句したのは確かだ。

さらにそのうえ福岡伸一の、「生命が出現してから一〇億年、この間、生物の性は単一で、すべてがメスだった。メスたちは、オスの手を全く借りることなく、子どもを作ることができた。…メスは太くて強い縦糸であり、オスは、そのメスの系譜を時々橋渡しする、細い横糸の役割を果たしているに過ぎない。…本来、すべての生物はまずメスとして発生する。…貧乏くじを引いてカスタマイズを受けた不幸なものが、基本仕様をそれてオスとなる」(二五)という記述を読めば、ますます落ち込むばかりである。

福岡伸一がいうように、男とは、「できそこない」であり「イブたちが作り出したアダム」であり、「弱きもの、汝の名は男なり」(同)というものである。

私は男として納得し難い思いは多々あるものの、いわれてみれば成る程と頷かざるを得ないものが実感としてあるのもまた事実である。それは、これ程まで誠意を示しても「女の気持ちがまったくわからぬ」ということ、「女のふてぶてしさにはとうてい敵わぬ」ということ、「カネもチカラもない男はいらない」とまでいわれることである。そしてそんなに軽蔑されても「愛してる」を連呼し、料理を作り、子育てまでに全力を尽くさねばならないという悲劇。

織田作之助の描く男たちは、『夫婦善哉』のような、頼りない男、ぐうたらな男、世間と女から見捨てられる男たちばかりである。この寂しい、哀しい、救いようのない男たち。

が、せめての慰めにと女にむかって「女の生理のかなしさ」と、男の強さを叫んではみるものの、その声もとぎれとぎれで弱々し過ぎる。

「…いつでも、どこでも常に男の方が女よりも死にやすいのである。…こうしてみると、男の方が人生たいへんだから、という自己陶酔的なヒロイズムは無力であることがわかる。歴史的、社会的にではなく、生物学的に、男の方が弱いのである」(二五)。

『オス・メス最初から別』「メスが基本説覆す遺伝子」の見出しで、「生物はもともと雌が基本で、雄は進化の過程で雌が変化して生まれた」とする従来の説を覆す証拠を、日米の共同研究チームが突き止め、米科学誌サイエンスで発表した。という記事が読売新聞二〇一〇年四月一八日の朝刊で出た。果たしてその後、どうなったか……。

参考文献

(三) 中村桂子『あなたのなかのDNA』ハヤカワ文庫

(四) 柳澤桂子『安らぎの生命科学』ハヤカワ文庫

(一) 藤田恒夫・牛木辰男『細胞紳士録』岩波新書

(二) 山科正平『新・細胞を読む』講談社ブルーバックス

(二四) 上野川修一『免疫と腸内細菌』平凡社新書

(一二) 村上知博『やさしい免疫の話』ハヤカワ文庫

(二一) 多田富雄『免疫の意味論』青土社

（一〇）西田徹『時空を旅する遺伝子』日経ＢＰ社
（七）高木由臣『寿命論』ＮＨＫブックス
（六）柳澤桂子『われわれはなぜ死ぬのか』ちくま文庫
（二三）多田富雄『生命の意味論』新潮社
（二五）福岡伸一『できそこないの男たち』光文社新書

――現代腸変抄説考

子供の頃、大人達が博多弁で「ぞうわたのきりわく！」と怒鳴っているのをよく聞いた。最初はどんな意味かよく分からなかったが、それが「はらわたが煮えくりかえる」と言うことだと分かったのは、小学校二、三年生の頃であった。「ぞうわた」は、ぞうのわたで「はらわた（腸）」、「きりわく」の「きり」は、「わく（沸く）の強調語」であった。これ以上の憤りはないという表現である。

ちなみに、「はらわた」に関する言葉では「――が千切れる」【――を絞る】「――が腐る」「――を断つ」などの表現があり、昔は腹の中に精神（こころ）が宿ると考えられていた。たしかＮＨＫテレビであったと思うが、人間の怒った時の腸は、静止の状態から一瞬、上下左右に激しくくねり、うねり回るのである。それはまさに、激動、動転のすさまじい状態であった。怒りと同様、悲しみも同じ状態であり、「断腸の思い」という腸運動の極致を見せつけられたのである。

「地球ができて約四六億年。生物が現れて約三八億年。魚類が約四・六億年前。両生類が約三・五億年前。鳥類が約二億年前。現在のヒトが約一五億年前に出現した」（二）

そして「太初に言ありき」とは、ヨハネ傳複音書の冒頭の一行であるが、「はじめに腸ありき」と書いたのは、行動医学・心身医学の福士審である。「動物の進化は腸からはじまった。…腸の周りを神経細胞が取り巻いて制御機構ができた。…やがて、脊髄ができ、その先端部がふくらんで脳ができた。…われわれの体では、まず腸が発生し、後に脳が発生したことをよく理解しておく必要がある。腸の神経が脳に似ているのではない。腸の神経に脳が似ているのだ」なんと歯切れのいいことか。つづけて「進化から見ても、腸こそ、動物の最初の器官である。…脳・脊椎・心臓がない動物はいても、腸のない動物はいない」(二)となっては、歌舞伎以上の名啖呵ではないか

マイケル・ガーションが腸に「セカンド・ブレイン」と名付けて以来「腸は第二の脳」ということが、いまや世界の常識となっているが、果たしてそうであろうか。養老孟司の『唯脳論』以来、ひそかに私は「腸は第一の脳、皮膚は第二の脳、脳は第三の脳である」と頑なに信じているからだ。

その第一の理由は「腸から脳ができた」という驚きの事実である。第二の理由は「腸は脳からの指令を受けずに独自の判断で機能している」からであり、さらに「腸内細菌は脳での遺伝子発現を変え、記憶と学習に関する重要な脳領域の発達を左右しており」「私たちの気分や感情、そしておそらくは人格まで微妙に変えていることが明らかにされてきた」(三)からである。

なるほど、私の人生を振り返ってみると、小学校入学の前から大の勉強嫌いで、大人の顔色を見抜くのが得意、気分から気分、雰囲気から雰囲気の世渡りばかりをしてきたし、今でもそうだが、病気ひとつせず生き延びておれるのも、「已れが境界にあらざるものをば、争ふべからず、是非すべからず」(徒然草一九三段)とあるように、腸で考え、身体で考え、脳で考えてこなかったからであろう。

腸は「体外」である。「内側を向いた体表」であり、からだの中に広がる「外界」であると上野川修一（一）はいう。さらに「腸には、消化・吸収系、神経系やホルモン系、免疫系など、全身のさまざまなシステムが重なり合い、互いに連絡し合っている。生命の維持に不可欠な器官が集中し、まるで独立した『いのち』のように自ら『考え』自らを『守る』働きをこなす、生命の根源」（同前）と述べている。腸は食を生命に変えているのである。

ヒトの消化管は、口―食道―胃―小腸（十二指腸・空腸・回腸）―大腸（盲腸・結腸・直腸）―肛門と並んでいる。腸の表面積はテニスコート一面分（約二六〇平方メートル）もある。小腸は長さ五～六メートル、大腸は約一・五メートル。全体で約六・五～七・五メートルになる。また腸は独自の遺伝子を持ち、一〇〇〇種類、一〇〇兆個にも及ぶ腸内細菌を持ち、その重さは、一キログラムに達する。大脳の数百億個の神経細胞（ニューロン）には及ばないが、腸にも脊髄と同じ一億個のニューロンがある。

そしてあのマイケル・ガーションでさえ「腸神経は巨大な化学物質の貯蔵庫であり、そのなかには脳で発見される神経伝達物質のほとんどすべての種類が揃っている」（一）といっているのだ。

「進化論」のなかに」「突然変異」という恐るべき言葉があるが、第一の脳である腸を調べていたら、「ああ、長生きしていてよかった」と思う「突然変異」に出合ったのである。八六歳にしての驚きでありショックでもあった。まさに、ぼんくら開眼である。

「人間の外生殖器は、胎生八週目になると、もともと腸だった組織にくびれができて、腸が二つに分かれ…腸から分離した部分は、やがて生殖器になる『生殖結節』とやがて膀胱になる『尿生殖洞後部』に分かれます。そして『生殖結節』は、それぞれ男性器と女性器へと発達していきます。つまり、男女の生殖器は腸管を仕切って作られたということです」「男性の『朝立ち』は、腸管を支配している副交感神経系の働きによるのです。…レム睡眠中に、腸の活動とともに男性器は無意識のうちに自然勃起を繰り返し、最後のレム睡眠時に目覚めると勃起が自覚でき、それが『朝立ち』として認識できるのです。…全勃起の合計時間は、睡眠時間の五分の一を占めているといいます」（四）というわけで、わたしは「スケベー」ではなかったのである。早く分かっていれば「スケベー・コンプレックス」から解放され、もっと堂々と女性と付き合うことができたのに、残念至極、無念である。

さらにもう一つ、付け加えれば「生物に最初に備わった臓器は、脳でもなく心臓でもなく腸でした。ヒドラやイソギンチャクなどの腔腸動物には脳がなく、腸が脳の役割までしていました。…やがて生物はいろいろな大きさの脳を持つように進化したのですが、最初にできた脳は、もっぱら性行動をつかさどっていました。腸から発展していった原始的な脳が、性行動に関わっていたのです。その結果、人間の脳には『食欲』と『性欲』とが今でも隣り合った部位に存在、『食べること』と『セックスすること』とは同じ水源にあるということです」（五）との報告であった。なるほど、生きていくということは、こういうことだったのである。働くために、骨身を削ることはないのである。他人を傷つけ、他人を騙し、金儲けをすることではなかったのだ。老いれば老いる程、人間に残されていくものは「食」と「性」しかない、という実感だけがヒシヒシと胸を締め付けるのは、果たして、私だけであろうか。

「現代とは、要するに脳の時代である。われわれの遠い祖先は『自然の中に』棲んでいたわけだが、現代人はいわば脳の中に住む」。一九八九年に発刊された養老孟司の『唯脳論』（青土社）は、現代の「脳化社会」を痛烈に、深く、鋭く抉った画期的な評論である。

「腸が第一の脳である」と私が頑なに信じているのは、「ぼんくら談義」を通じて五〇数年来、脳化世界へ挑戦を続けているからである。このままでいくと脳化ＩＴによって人類は間違いなく滅びるであろう。だが――今ならまだ間に合うかも知れない。「脳化」を防ぐ唯一の手段としての「腸化」があるからだ。すべての人類が「腸化思想」を学び「腸化国家」を目指せば地球は救われる。「学んで時にこれを習う、また説（悦）ばしからずや」（学而一）である。

生命をつくる腸能力の凄いところは「腸神経を構成するニューロンが約一億個、ホルモン系や神経系、免疫系が集中、それらが互いに共同し、助け合いながら、腸のはたらきをコントロールして私たちのからだを正常に保っている」（一）ことだ。なかでも、食物を分解・吸収・排出するぜん動運動を、脳からの命令ではなく腸独自の判断で行っており、しかも、胃や腸発で脳をコントロールする信号を送ることができる」（同前）という能力をもっていることだ。

また、免疫系に関していえば「全身の六〇％以上が腸管に集中、そして抗体全体の六〇％は腸管でつくられている。その大きな特徴は、危険な病原細菌やウイルスを認識、排除する仕組み。さらに攻撃した相手を記憶し、相手によって攻撃も変える」（六）という戦いを、私たちが気づかないうちに自動的におこなっていることである。
消化管の中心的存在である人間の小腸は全長五～六メートル。約一六〇〇億個の吸収細胞が小腸管腔側の表面を覆っている。大腸は約一・五メートル。管内に一〇〇〇種以上、一〇〇兆個の「腸内細菌」と共生関係を築き、小腸が吸収しなかった不要物を糞便として体外に排泄している。

さらに驚くのは腸内細菌である。前述のとおり「体内で共生している腸内細菌は一〇〇〇種、一〇〇兆個に及びその重量は一～一・五キログラム、驚くべきは、その遺伝子の多様さ」(六)とされる。「それぞれの人間が持っている腸内細菌は、指紋のようにとても個性があり、善玉(ビフィズス菌、ラクトバチルス菌など)、悪玉(クロストリジウム、腸球菌など)、時と場合によってどちらにもなるといわれる日和見菌(バクロイデス、大腸菌など)があり、これらの菌のどれが優勢になるかで我々の健康は大きな影響を受ける」(七)ということ。

さらにさらに腸内細菌の腸能力は「腸を短くすることで脳を大きくし、情動を司る大脳辺縁系や大脳皮質を発達させ、私達の記憶や感情、欲望をコントロール」(八)しているのである。そして面白いことに「顔色をうかがう能力と美しさを感じ取れる能力はきわめてちかい」(同前)とされ、大人の顔色を見抜くのが得意だった私の性格も、腸内細菌の仕業であったのかと、今更のように納得できるのである。「歓喜や快楽を伝えるセロトニン、気持ちを奮い立てたりやる気を起こす働きのドーパミン、これらの『幸せ物質』の前駆体も、腸内細菌がいないと合成できない」(五)のである。「人体における幸せ物質のセロトニン量は全体で約一〇ミリグラムだが、その九〇％が腸に存在し、脳のほか身体の各臓器に運ばれている。脳に存在するセロトニンは残りのわずか二％に過ぎない」（同前）のだ。

さて、「雲古」と書いたのは作家の開高健である。そして「雲刻齋」と名乗っているのは私の友人で、篆刻にのめり込んだ黄村葉である。いずれ劣らぬ言語表現だと常々感心している。

「食物繊維は腸内細菌が好んで食べる餌なので、多く攝ると腸内細菌も増える。便の固形成分は六〇％が水分、二〇％が腸内細菌とその死骸、一五％が腸粘膜細胞の死骸、残り五％が食べカス。つまり、食物繊維を多く攝れば腸内細菌も増え、便が大きくなる…大きな便をしている国はメキシコ、ポルトガル、ギリシャで、国民は総じて自殺が少ない。ちなみに、二〇〇六年デュレックス社が行った世界各国の性交頻度と性生活満足度に関する調査によると、メキシコは週一回以上の割合が七一％、満足度が六三％、これに対して日本は、性交割合が三四％、満足度割合が一五％で圧倒的に劣る。」また「戦前、日本人の便の重さは一日一人当たり三五〇〜四〇〇グラム。それが現在（二〇一四年）では一五〇〜二〇〇グラム」（四）と減っており、「雲古」と「自殺」と「セックス」の不思議な三角関係を嘆いているのも、なんとなく身につまされる思いである。

「大便は指紋のように違うから、個人情報の塊のようなもの。日本人ひとりが人生八〇年のあいだに排泄する大便の量は、平均でおよそ八・八トン」（九）だそうだ。そして「オナラは、口から呑んだ空気と腸内で発生したガスが混じったもの。腸内では、細菌の働きによって一日一リットル前後のガスが発生するが、排泄されなかった腸内ガスは大腸の毛細血管から吸収されて血液に混入、そのまま体内をかけめぐり、最終的には肺から呼気といっしょに吐き出される」「大便が腸内の観察記の論文とすればオナラは『まえがき』や『概要』のようなもの」(同前)という。そうだったのか。善良な人々が懲りもせず「クサイ話」にだまされ、詐欺師どもがはびこっている原因は――。

それにしても、腸はなんと太っ腹な大親分であろうか。一〇〇〇種一〇〇兆個に及ぶ子分たち、しかも一筋縄ではいかぬ善玉、悪玉、調子ものの日和見菌などを平気で住まわせ養っているのだから。

なるほど、昔の人が言うように、腸は「はらわた」として、また「はら」として、人間の「愚かさ」「ずるさ」また「誇り」や「信念」「信義」などを言い表していたということは十分に納得のできることである。「―が黒い」「―を肥やす」「―に一物」「―を探る」「―を括る」「―を割る」「―を切る」などなど。

そのうえ、もっと面白いことには、「心と腹の関係」「心と腸の関係」である。「江戸時代までの武士は心のありかをたずねると腹を指したといいます。…心自体が本来はもっと本能的なものを指す語で…だんだん体の中に入り、そしてゆっくり上がっていった…漢字の歴史を見ていると、男性性器だった心はだんだん上がっていって腸のあたり、すなわち内臓に至り、孔子の時代も腸のあたりにあったようです」(一〇)ということも実感できる。

私は八六歳のこの年まで、あまりにも腸について無智であり過ぎた。というよりも、私自身の身体性そのものについてである。ものごころついてからうすうす感じていた「体力」の無さや臆病な「心」は、要領よく立ち回ることや顔色を読むことで何とか凌いできたつもりであったが、やはりそれは誤魔化しであったのだ、と。本当の現実として「ヒトの身体は自然である」と実感できたのは「腸から脳が出来た」ことのドラマを知ってからである。

腸は日夜を問わず、貧富を問わず、歴史をも問わず
死に至るまで「現場主義」に徹する第一の脳である

私の得た結論である。

腸に腸撥、腸戦され、短腸、変腸、転腸と翻弄され、腸々発止の結果、絶好腸の我が腸宝な正腸に感謝しつつ、この稿を終了する。

ご静腸ありがとうございました。

参考文献

「腸のふしぎ」上野川修一　講談社ブルーバックス（一）
「内蔵感覚」福土　審　NHKブックス（二）
「遺伝子も腸の言いなり」藤田紘一郎　三五館（三）
「健康はシモのほうからやってくる」藤田紘一郎　三五館（四）
「脳はバカ腸はかしこい」藤田紘一郎　三五館（五）
「免疫と腸内細菌」上野川修一　平凡社新書（六）
「腸！いい話」伊藤　祐　朝日新書（七）
「臓器の時間」伊藤　祐　祥伝社新書（八）
「大便通」辨野義己　幻冬舎新書（九）
「身体感覚で論語を読みなおす」安田　登（一〇）

「脳を鍛え上げる皮膚」考

人間のさかしらは、もう、止めようがない。二十一世紀に入ってから「脳化社会」の劣化は、ますます暴走化、グローバル化するばかりである。豊洲問題、森友学園問題から、アメリカ、北朝鮮、中国、ロシア、果ては化学兵器、身代金要求のサイバー攻撃に至るまで、テーブルに揃っただけでも見苦しく恥ずかしい。地球は間違いなく、崩壊に向かって突き進んでいる。私などの不良老人は何時死んでも構わないが、孫や曾孫達には誠に申し訳ないことである。兼好法師は鎌倉時代（一三三一）に、人は四十歳代で死ぬのが最良の生き方である、といいきっている。

「命あるものをみるに、人ばかり久しきはなし。…住み果てぬ世にみにくき姿を待ち得て、何かはせん。命長ければ辱（はじ）多し。長くとも、四十（よそじ）に足らぬほどにて死なんこそ、めやすかるべけれ。…ひたすら世を貪（むさぼる）心のみ深く、もののあはれも知らずなりゆくなん、あさましき」「徒然草」第七段

そこで今回は、前回の「腸変抄説考」の第二段として、「腸は第一の脳、皮膚は第二の脳、脳は第三の脳」という信念のもと、さかしらな「人間脳化社会」への挑戦状としたい。曰く、

身體髪膚受之父母。不敢毀傷、孝之始也。「孝経」

「身体髪膚之ヲ父母ニ受ク、敢テ毀傷セザルハ孝ノ始ナリ」と読む。小学校時代、勉強嫌いで喧嘩ばかりしていた私に、先生から徹底して叩き込まれた教えである。以来、私は喧嘩を止めた。

先ずは、皮膚についての驚きの事実からはじめよう。

その一つは『身体は袋でできている』ということである。「生物体の形の輪郭は生物体と外界の境目であり、この輪郭によって生物体は内部と外部の仕切りを確保。つまり、この仕切りが全体として袋になっている。…この袋は、ふくらんだり、凹んだり、分岐を繰り返し、オモテどうしが融合したり、ウラどうしの融合があったりして、多細胞動物の形は、胞胚からはじまる上皮シートの一連の変形によって生物の身体ができる」(二)のである。図があると一目瞭然であるが、身体の上皮シートと、身体の中まで入り込んでいる内臓のすべては一本の線で描くことができるのである。政治家たちの「コンニャク」を入れる、あの小汚い袋とは天地の相違がある。とにかく、身体の内部でも「外と内」があり、ちなみに胃袋の中は「外」(外とつながる空間)だそうだ。これ以上は、袋小路に迷い込むので詳しく知りたい方は資料(同前)を読んでください。

二つ目の驚きは『皮膚はれっきとした臓器である』ということである。この年になるまでの不覚を恥じ、慌てて辞書を開いてみると、「広辞苑」「大辞林」「新明解国語辞典」「角川必携国語辞典」のいずれにも、「皮膚は臓器」とは書いてなかったのでほっとしたが――。「臓器とは特定の機能を持つ器官のこと」（七）といわれてみれば、成る程と納得がいく。「地球上、脳がない生物は無数といるが、皮膚がない生物はいない。皮膚は限りなくミステリアスで謎に満ちた神秘的な臓器である」（四）というわけだ。

そして、三つ目の驚きは『皮膚と脳の出自は同じ』ということである。傳田光洋は「臓器の超エリートである脳と、最後は垢になる表皮、この二つは驚くべきことに『生まれ』は同じ」（三）という。「受精した卵は次々に細胞分裂し、最初にできる構造が、外胚葉、中胚葉、内胚葉。さらに発生の段階が進み、表面の外胚葉が長く溝を作り、そのくぼみが沈み込んで管状に。さらにその一端が膨れ上がり脳になり脊髄に。眼、鼻、口、耳も表面の外胚葉がくぼんで形成され、そのまま表面に残った部分は、皮膚の表皮となる」（同前）、つまり神経系、感覚器、表皮は出自が皆同じというわけである。

「地球上に皮膚がない生物はいない」という山口創は「皮膚は露出した脳」といい、傳田光洋は、皮膚は「考える臓器で、皮膚も脳である。いわば『第三の脳』だ」と宣言する。私は失礼を顧みず「皮膚は第二の脳だ」と宣言挑戦する。

簡単に皮膚の構造と機能について紹介すると、「大きさはおよそ一・六平方メートルで畳一帖ほどの面積、重量は体重の約一六％。表皮は平均〇・二ミリメートル」（七）となる。どんなに厚顔無恥のツラの皮だって、たった〇・二ミリメートルしかないのだ。「皮膚の表面は『皮溝』と呼ばれる多数の細かい溝が刻まれており、深いものと浅いものがある。浅い皮溝で囲まれた小さな丘のような隆起を『皮丘』とよび、『肌のキメ』といわれるのは、皮溝と皮丘で構成される多角形模様のこと。『キメが細かい』肌というのは、皮溝が浅く、皮丘が規則的な三角形を描き、細かく整然と並んでいる状態のこと」（同前）。嘘だというならもう一度じっくり「ツラの皮」と「ヤワ肌」の実際を試してみるがいい。

「皮膚は深いところから『皮下脂肪』、次いで『真皮』と呼ばれるクッション組織、さらにケラチノサイトと呼ばれる細胞がびっしり重なった『表皮』、その表面を覆う『角層』という、死んだ細胞と脂質（油分）が重なり合った一〇から二〇ミクロンの膜によって構成されている。そして表皮の一番深い部分で細胞分裂が置き、ケラチノサイト細胞が形を変えながら（分化しながら）表面に向かい、古くなった角層は垢となってはがれ落ちる」（三）「健康な皮膚では、表皮の底で細胞が生まれて表面にたどり着き角層になるまで約二週間、それが垢になって落ちるまで約二週間」（一）かかるということである。私たちの皮膚は、約四週間ごとに新しく生まれ変わっているのである。私はこれを「肌変わり」と称して、四週間ごとに大酒を呑んでは祝っている。念のため爪は皮膚の表皮が変形したものであることを確認、爪の色や二枚爪、巻き爪などにも充分注意を払うことが大切である。

さて、皮膚の物理的機能の最大は、人間の体内の水を流出させないことと、外からの細菌の侵入を防ぐことである。

「人間とは水である」と江本勝はいう。「受精卵のときは九九％が水、生まれたときは体の九〇％、成人になると七〇％、死ぬときは五〇パーセントを切るでしょう。そして人間は体内の五〇％の水を失うと生きていけない」（一二）。だから水も漏らさぬ態勢が不可欠なのである。「一ミリの数十分の一の厚さの角層は、同じ厚さのプラスチック膜並の水の通しにくさを保っており、表皮としての大半を構成するケラチノサイトそのものが、免疫システムの最前線として異物を識別し、集中的に攻撃することができるのである。

いよいよこれからが、私が主張する「皮膚は第二の脳」としての超能力、皮膚が感覚的・精神的機能の本番であることを証明しよう。

まず、進化の上でも、体毛を失った人間の全身は、あらゆる環境にも耐えねばならず、全身のすべてを感覚器官として発達させたことは必然のことだ。単純に考えても、大自然の光、音、色、匂いなどの危険を察知する予感から気配まで、生存の基礎は「皮膚感覚」によっておこなわれたといっても過言ではない。傳田光洋は「一二〇万年前に現れた人間の祖先は、体毛を喪った個体が生き残り、皮膚感覚と優れた手の構造は、脳の容量の増加に先だっており、それが現代人の脳を作ったと言えるだろう」（一）といっている。

傳田は「感覚」と「知覚」は混同されがちだが別物であるとして「外部からの刺激に対する一時的応答が『感覚』であり、感覚から得た情報の中枢神経系による解釈が『知覚』である」（五）と定義している。私はもっと単純に、「感覚」は「こころ」、「知覚」は「理性」（あたま）と定義してみたい。

一般的に「皮膚感覚」は「触覚」と呼ばれ、「五感の中でも、視覚（目）聴覚（耳）嗅覚（鼻）味覚（舌）と異なり、センサーが体中の皮膚に存在しており」（六）触覚のほかに、圧覚、痛覚、温度感覚などが含まれている。また、それにもまして「皮膚感覚は自己と外界の境界上に生じ、自己と自然的、社会的環境との関係を『直感的』に捉える重要な感覚」（八）なのである。

ここで最も強調しておきたいことは「触覚は直接的に身体の状態が変化し、接触によって対象を把握する『身体的で直接』の感覚である」（六）と同時に、「知覚されない」環境からの無意識の情報をも感じ受け取っているということ。「可視光、音波、電場、気圧など、触覚は意識になる情報の数千倍以上の情報があり、人間の行動、思考などに莫大な影響を及ぼしている」（一）「もともと私たちの目や耳は、進化の過程では、皮膚よりはるかに遅れてできた器官である」（四）ということである。

「自己とは何か」。「心とは何か」。

これは哲学の問題だけだろうか。とすれば、百人百様の解釈があるだろうし、この難問に対する解答は、人間が滅びるまでに出ることはないであろう。――だが、皮膚感覚からの答えは明瞭である。

「私の自己意識は、私の感覚器あるいは臓器からもたらされた情報と、脳との相互作用の結果、身体感覚と共同して脳に生じた生理学的状態の一つである。皮膚感覚は自己と他者を区別する役目を担っており、意識と強くむすびついているが、意識は脳だけではうまれない。身体のあちこちからもたらされる情報と脳の相互作用で生まれる」（五）ということになる。

また、「皮膚とは単なる境界面ではなく、厚みをもったミクロな構造物である。『うち』と『そと』が溶けあい、隔てられると同時に結合されている。いいかえれば、自己の身体内部の情報と、外部の情報が交換される極めて特異な空間。外界から自己を守る単なる皮膜などではなく、さまざまな捻れや共振性を内包する、繊細なエネルギーに満ちた亜空間」（四）なのだ。念のため「胎児の皮膚は妊娠一九週ごろにほぼ完成する。つまり胎児の皮膚が完成して、母親とは異なるひとりの人間としての境界が完成される時期にはじめて、胎児は意志を持つようになる」（同前）。

三八四頁に及ぶディディエ・アンジューの界面として考えられた「皮フ―自我」の表現は文字どおり、皮膚と自我との結合した機能についての論説であるが、「自我であるというのは、他者の理解しうる信号を発する能力をみずからのうちに感ずること。みずからの存在を唯一の存在と感ずること。内向して内にこもる能力であること」（九）など、私には難解すぎるが、興味のある方には是非一読されるようおすすめする。

次ぎに「心」であるが、「情動を介して身体的自然との豊かな統合性を実現している。人間の心は、基本的に知・情・意の三要素から成り、知性のみ独り歩きする頭でっかちなものではない。情と意は生命感情から発出するものであり、身体の生理活動と密着しており、いのちの本性に根差したもの」（一一）なのである。

ここで颯爽と登場するのが、小千谷縮のよれよれの着物に、頬かぶりと仕込み杖のどめくら、ご法度の裏街道を歩く座頭市である。真っ暗闇のなかで、「風を起こして来な！」「眼明きてえのは不自由だなあ」と高笑い、居合いの逆さ剣法で斬りまくる。どんな剣客が相手でも必ず勝つ――。私が最も尊敬し、憧れる存在である。

なぜ、どめくらが無敵なのか。それは決して荒唐無稽なことではない。当然至極のことである。つまり一言でいえば、座頭市自身が皮膚そのもの、凝縮された皮膚感覚そのものなのだ。全身が音を聞き、匂いを嗅ぎ、光を、色を、的確に識別することができるからである。「皮フ―自我」そのものなのである。優しく、泪もろく、相手の喜怒哀楽までを読み取る座頭市は、全身で生きているのだ。

参考までに、人間の空間的「なわばり」の距離感覚は「皮膚感覚が直接的に生きる距離として、『密接距離』は〇～一五センチ、『遠方相』一五～四五センチ。個体距離は『近接相』四五～七五センチ、『遠方相』七五～一二〇センチ」となっている（一三）。

「『生きている』ことは『振動している』ことでもある。生命活動とは、絶え間なくリズムを刻み続けることでもある」（一〇）と浦久俊彦はいう。まさにその通りで、生命の基本は振動にある。皮膚は耳で聴き取ることのできない超音波や低周波音を、振動で聞いているのだ。「皮膚の電位は脳波の一〇〇〇倍以上も強い」（四）という。

「宇宙はコスモスで、人体はミクロコスモスである。ぼくたちは肉体というひとつの宇宙をもっている。それはハーモニーによってバランスを保っている世界である。ぼくたちの肉体をひとつの楽器にたとえてみると四二オクターブもの音域になるという」（一〇）。

空海も『声字実相義』のなかで、「五大にみな響きあり　十界に言語を具す　六塵ことごとく文字なり　法身はこれ実相なり」と、宇宙と人間の声の響きの調和を述べている。まさに、ひとつの声（振動）

が共鳴し、調和して宇宙とのハーモニーとなり、魂の感動をつくりだすのである。

「皮膚は自己の境界であり、世界の意味を分ける境界。そして自己と社会の境界としての役割をもっている」（四）という山口創は、「その役割が皮膚を通さないインターネットやスキンケア、美容整形などのハイテク化した人工的管理」（同前）によって、物質化され一二〇万年前と同様の、第二の裸体化が始まっていると、嘆く。

これまた、まったくその通りである。世界中の境界、いや、人類の境界が揺らぐどころか、曖昧模糊となっている。親と子、男と女、夫と妻、浮気と不倫、政治とカネ、ウソとマコト、昼と夜、罪と罰、戦争と平和などなど、あげればきりがない。

ならば、である。いっそ思い切って、一二〇万年前に戻って、クールビズなどというケチくさい考えは止めて、人類すべてが「全裸」になればいい。地球上の人類すべてが「まっ裸」――なんと清々しい眺めであろう。やくざから学者、政治家から兵隊、医者から坊主まで全裸、となれば、痴漢も人殺しも、戦争もなくなる。ノーベル平和賞も不要。人類の一切の罪は無くなる。世はまさに裸体の花ざかり。極楽、極楽。人間万々歳となる。

（敬称略）

全身これ一隻の正法眼なり、全身これ真実体なり、
全身これ一句なり、全身これ光明なり、全身これ全心なり

道元「一顆明珠」

参考文献

「驚きの皮膚」傳田光洋　講談社（一）
「形の生物学」本多久夫　ＮＨＫブックス（二）
「第三の脳」傳田光洋　朝日出版（三）
「皮膚という『脳』」山口　創　東京書籍（四）
「皮膚感覚と人間のこころ」傳田光洋　新潮選書（五）
「情報を生み出す触覚の知性」渡邊淳司　化学同人（六）
「皮膚に聴くからだとこころ」川島　眞　ＰＨＰ新書（七）
「皮膚感覚の不思議」山口　創　講談社ブルーバックス（八）
「皮膚—自我」ディディエ・アンジュ—　福田素子訳　言叢社（九）
「１３８億年の音楽史」浦久俊彦　講談社現代新書（一〇）
「心の哲学への誘い」河村次郎　萌書房（一一）
「水は答えを知っている」江本　勝　サンマーク文庫（一二）
「身ぶりとしぐさの人類学」野村雅一　中公新書（一三）

あとがき

年寄の「僻目」である。年寄の「冷や水」である。
敗戦後、「おまけの人生」を頂戴、「転職は天職なり」と一七回の転職を果たし、昭和四九年（一九七四）最後の「珈琲亭ぼんくら」を開店。すべて、大学卒のお利口さん社会への挑戦を宣言するも、一五年で閉店。以後「ぼんくら精神」をそのまま持続。八〇才で「生前葬」を、平成一六年（二〇一七）に無事七回忌を終え、現在の「米寿」にまで至っている。

熱しやすく冷めやすい私の性格は、小さい時から「中途半端」と云われ続けてきたが、或る日突如、「ぼんくら精神」の啓示により、「中途半端」ではない「途中半端」の精神に目覚め、今日においてなお、その信念を貫いている。

書くことは、生来怠け者の私に枷せられた唯一の、作業である。〆切厳守のもと、いかなる誤魔化しも云い訳も許されず、ハガキから、手紙、詩、句、散文、雑文に至るまで、庭の草むしり同様の、すべて手作業である。

「ぼんくら精神」は、賢しら（分かったふりをして〈りこう〉にふるまうこと――「新解明國語辞典」）に出合うと、無精に腹が立つ。「未生未前」の宿命すら感じる。そこでついつい啖呵を切ってみるが、如何せん、三〇代から総入歯ですこぶる歯切れが悪い。遠く寅さんの啖呵売には及ばない。

そもそも雑文のきっかけは、博多中洲の二大タウン誌の一つ、「博多春秋」（月刊）の社長から、一頁を提供するから何でも自由に書いてくれ、との約束から始まった。中洲の呑み仲間とはいえ、男同志の約束である以上いかなる事態に陥ろうとも、空白の一頁をつくるわけにはいかず、昭和三九年（一九六四）から昭和五三年（一九七八）にかけて書き続けたものである。

さらに、「珈琲亭ぼんくら」開店と同時に、「九州公論」（月刊）創刊号からの原稿依頼があり、また「文芸四季」「味と福岡」「レンタル九州」「中洲通信」はそれぞれに書いたものである。平成二〇年（二〇〇八）からは、自主的に「新ぼんくら談義」のテーマのもと、戦後無頼派以降の小説も評論も一切読まず、未発表のまま随意に書き続けている。

一冊にまとめるに当っては随分と迷ったが、「花書院」仲西社長の强力なご好意とご協力によって、ミニロマン「消し算」の復刻版の復刻版も加えて、上梓することとした。

改めて、こころから感謝申し上げます。

平成三〇年（二〇一八）一月一日

織　坂　幸　治

昭和五年（一九三〇）一月一日、博多の生れ。最後の予科練。「おまけの人生」で転職一七回。未だ断ることなく万酒を頂戴、惑いて悟らず。総入歯にしてなお恋愛を趣味とす。詩人。第二五回福岡市文学賞受賞

〈著書〉

平成九年（一九九七）
自選詩集「天景」花書院

平成一五年（二〇〇三）
一行詩一行句集「詩句発句」花書院

平成二三年（二〇一一）
一行詩一行句集「詩句折々」花書院

平成二八年（二〇一六）
自選詩集「掌景」花書院

ミニロマンとぼんくら談義

2018年1月1日　初版発行

著者　織坂幸治
発行者　仲西佳文
発行所　（有）花書院

〒810-0012　福岡市中央区白金 2-9-6
TEL　092（526）0287
FAX　092（524）4411

印刷・製本　城島印刷株式会社